Dylan Thomas
Ein Blick aufs Meer

Aus dem Englischen übersetzt
von Erich Fried

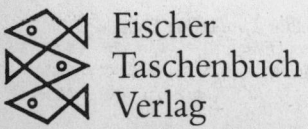

Fischer
Taschenbuch
Verlag

Ungekürzte Ausgabe

Veröffentlicht im Fischer Taschenbuch Verlag GmbH,
Frankfurt am Main, August 1984
Lizenzausgabe mit freundlicher Genehmigung
des Carl Hanser Verlags München
© 1973 Carl Hanser Verlag, München
© 1973 The Trustees of the Copyright of the Late Dylan Thomas
Umschlaggestaltung: Jan Buchholz/Reni Hinsch
Gesamtherstellung: Clausen & Bosse, Leck
Printed in Germany
780-ISBN-3-596-25800-0

Inhalt

* Übersetzt unter Mitarbeit von Enzio von Cramon

Erster Teil

Ein Blick aufs Meer

Es war Hochsommer, und der Junge lag im Korn. Er war glücklich, weil er nichts zu tun hatte und weil das Wetter heiß war. Er hörte das Korn über seinem Kopf hin und her schwanken, und das Lärmen der Vögel, ihr Pfeifen aus den Zweigen der Bäume, die das Haus versteckten. Er lag lang auf dem Rücken und starrte hinauf in den ununterbrochen blauen Himmel, der über den Rand des Korns niederfiel. Der Wind nach dem warmen Vormittagsregen roch nach Kaninchen und Kühen. Der Junge dehnte sich wie eine Katze und legte die Arme hinter den Kopf. Jetzt ritt er auf dem Meer, schwamm durch die goldenen Kornwellen, glitt am Himmel entlang wie ein Vogel; in Siebenmeilenstiefeln sprang er über die Felder; er baute ein Nest im sechsten der sieben Bäume, die mit ihren Händen von einem hellen, grünen Hügel herüberwinkten. Und jetzt war er ein Junge mit zerzaustem Haar: träge stand er auf und wanderte aus dem Korn zum Flußstreifen am Hang. Er steckte die Finger ins Wasser und machte spielend eine Meereswoge, daß die Kieselsteine kollerten und die Gräser zitterten. Seine Finger standen aufrecht wie zehn Turmpfeiler im vergrößernden Wasser, und ein Fisch mit weißem Kopf und schlagendem Schwanz schwamm durch die Turmtore ein und aus. Während der Fisch durch die Tore ein und aus schwamm, zu den Kieseln und auf dem bewegten Flußbett, dachte er sich eine Geschichte aus. Da gab es eine ertrunkene Prinzessin aus einem Weihnachtsbuch; ihre Schultern waren gebrochen und ihre beiden roten Zöpfe wie die Saiten einer Fiedel über ihren gebrochenen Hals gezogen; sie war in einem Fischnetz gefangen, und die Fische zupften an ihrem Haar. Er wußte nicht mehr, wie die Geschichte endete, wenn es überhaupt je ein Ende geben konnte für eine Geschichte, die keinen Anfang hatte. Erwachte die Prinzessin zu neuem Leben und stieg sie wie eine Meerjungfrau aus dem Netz, oder kam ein Prinz aus einer anderen Geschichte und spannte die Zöpfe ihres Haars und bog ihre Schulterknochen zu einer Harfe, auf der er immer und ewig an den Höfen des königlichen Landes die toten, schwarzen Weisen zupfte? Der Junge ließ einen Stein über das grüne Wasser hüpfen. Er sah ein Kaninchen laufen und warf einen Stein nach seinem Schwanz. Ein Fisch sprang nach den Mücken, und eine Lerche schnellte aus der grünen Erde. Es war der beste Sommer seit den ersten Jahreszeiten der Welt. Er glaubte nicht an Gott, aber Gott hatte diesen Sommer gemacht, voll blauer Winde und Hitze und Tauben im Hauswäldchen. Auf den fernen Hügeln ohne Namen gab es keine Schornsteine, nur die Bäume, die dort standen wie Frauen und Männer, die sich an der Sonne freuten; keine Kräne oder Kohlenhalden waren zu sehen, nur die namenlose Ferne und der Hügel mit den sieben Bäumen. Ihm fielen keine Worte ein zu sagen, wie wunderbar der Sommer war, oder das Gurren der Waldtauben, oder das träge wehende Korn im halben Wind vom Meer am Ende des Flusses. Es gab keine Worte für den Himmel und die Sonne und das Sommerland: die Vögel waren gut, und auch das Korn war gut.

Er ging quer durch das gute Feld und kletterte den Hügel hinauf. Unter dem unschuldigen Grün der Bäume, aus dem heraus Amseln der Sonne zuflogen, starb die Geschichte von der Prinzessin. An diesem Nachmittag gab es kein Meer, das sie ertränken und an den Zöpfen ziehen konnte; das Meer hatte gewogt und war verschwunden, und es hatte einen Hügel zurückgelassen, ein Kornfeld und ein verstecktes Haus. Groß wie der erste niedrige Baum kletterte sie aus dem siebenten Baum herunter und stand vor ihm in einem zerrissenen Kattunrock. Ihre nackten, braunen Beine waren über und über zerkratzt, um ihren Mund waren Beerenflecken, ihre Fingernägel waren schwarz und abgebrochen, und ihre Zehen guckten durch die Gummischuhe. Sie stand auf einem Hügel, der war nicht größer als ein Haus; aber das Feld unten und der glänzende Flußstreifen waren so klein, als wäre der Hügel ein Berg gewesen, der über einem einzigen Halm, über einem einzigen Wassertropfen aufstieg. Die Bäume um das Bauernhaus waren Späne zum Feuermachen, und die Jarvisgipfel und der hohe Cader dahinter bis an den Rand von England waren Maulwurfshügel und Steinschatten in der stillen, sechs Spannen langen Ferne. Auf dem ersten Schatten starrte der Junge hinab auf den verschwindenden Fluß, auf das Korn, das in den Boden zurückgeweht wurde, auf die hundert Hausbäume, die zu einem einzigen Stengel zusammenschrumpften, und auf die vier Ecken des gelben Feldes, die sich zu einem Quadrat schlossen, das er mit seiner Hand bedecken konnte. Er sah das vielfarbige Land einlaufen wie einen Rock in der Wäsche. Dann sprang ein neuer Wind von dem bißchen Wasser am Ende des Flußtropfens auf und blähte das Hügelfeld zu seiner vollen Größe, und der eine Stengel, der das Haus verdeckte, wurde in hundert Bäume gespalten. Das geschah in einer halben Sekunde.

Amseln flogen wieder aus den höchsten Ästen, in einer Wolke wie ein Kegel: kein Ende nahm der schwarze dreieckige Vogelzug zur Sonne; von Hügel zu Sonne stieg lautlos die geflügelte Brücke; dann erhob sich wieder ein Wind, und diesmal vom richtigen, endlosen Meer herauf, und brach der Brücke das Rückgrat. Wie Rebhühner fielen die ganz gewöhnlichen Vögel in einem Schauer zur Erde.

Alles geschah in einer halben Sekunde. Das Mädchen in dem zerrissenen Kattunrock setzte sich ins Gras und kreuzte die Beine, ein wirklicher Wind von nirgendwoher hob ihr den Rock, und bis zur Hüfte war sie braun wie eine Haselnuß. Der Junge, der immer noch zaghaft im ersten Schatten stand, sah die zerbrochene Ferienprinzessin zum zweiten Mal sterben, und an ihrer Statt saß ein Landmädchen auf dem lebendigen Hügel. Wer hatte Angst gehabt vor ein paar Vögeln, die aus den Bäumen flogen, und vor einem plötzlichen Glanz der Sonne, der Fluß und Feld und die Ferne zu Füßen des Hügels so klein gemacht hatte? Wer hatte ihm erzählt, daß das Mädchen so groß wie ein Baum war? Sie war nicht größer und nicht seltsamer als die blumigen Mädchen, die sonntags im Hundetal Picknick machten.

»Was hast du oben im Baum gemacht?« fragte er sie, verlegen, daß er angesichts ihres Lächelns geschwiegen hatte, und plötzlich schüchtern, als sie sich bewegte, daß sich das Gras unter ihr geknickt und grün zwischen ihren braunen Beinen aufrichtete. »Hast du Nester gesucht?« sagte er und setzte sich zu ihr. Aber auf dem geknickten Gras im siebenten Schatten sprang sein erster Schrecken vor ihr wieder auf wie eine Sonne, die aus dem Meer zurückkommt, das sie versenkt hatte, und verbrannte seine Augen bis auf den hohläugigen Schädel und sträubte ihm das Haar. Der Fleck auf ihren Lippen war Blut, nicht Beerensaft, und ihre Nägel waren nicht abgebrochen, sondern seitlich geschärft: zehn schwarze Scherenklingen, bereit, ihm die Zunge abzuschneiden. Wenn er laut nach seinen Onkeln in dem versteckten Haus rief, dann würde sie neue Tiere erschaffen, die ersten Tiger in Wales; und sie würde sie aus dem nur eine Viertelstunde entfernten Wald herwinken, damit sie ihn umsprangen und ihn in die Hände bissen; in der Luft würde sie neue Vögel erschaffen, die würden pfeifen und seine Hilferufe wegzwitschern. Er saß sehr still zu ihrer Linken und hörte, wie das Herz in ihrer Brust jeden Sommerton ertränkte. Da wuchs jedes Blatt des Baumes, der sie überschattete, und wurde so groß wie ein Mann; die Rillen der Baumrinde waren Kanäle und Flüsse, so breit wie ein großes Schiff; und das Moos auf dem Baum und der scharfe Kreis von Gras unten um seinen Stamm waren plötzlich die Samtdecken aller grünen Wiesen des ganzen Landes, die es zusammengeweht hatte, dicht an dicht, Hecke an Hecke. Auf dem Hügel, der so groß war wie die Welt, und dessen Bäume den Himmeln gleich die Wetter hochhielten, neigte sie sich jetzt im großgewordenen Sommerwetter zu ihm hin, daß er nur ihr dichtes rotes Haar und nicht das Kornfeld und auch nicht das Haus seiner Onkel sehen konnte; und Himmel und ferner Hügelkamm waren Lichtpunkte in den Pupillen ihrer Augen.

Das ist der Tod, sagte der Junge zu sich selbst, die Schwindsucht und der Keuchhusten und die Steine in einem drin … und wie einem das Gesicht stehenbleibt, wenn man im Spiegel zu viele Gesichter schneidet. Ihr Mund war ganz nahe bei seinem. Ihre langen Zeigefinger berührten seine Augenlider. Das ist eine Geschichte, sagte er zu sich selbst, von einem Jungen, der in den Ferien von einer, die auf einem Besen ritt, geküßt wurde; die flog von einem Baum auf einen Hügel, der seine Größe veränderte wie ein Frosch, wenn er wütend wird; die streichelte seine Augen und legte ihre Brust an die seine; und als sie ihn geliebt hatte, bis er starb, da trug sie ihn in ihrem Inneren fort zu einer Höhle in einem Wald. Aber wie alle Geschichten mußte auch diese sterben, als sie, die gekommen war, ihn küßte; jetzt war er ein Junge in den Armen eines Mädchens, und der Hügel erhob sich über einen wirklichen Fluß, und die Gipfel mit ihren Bäumen nach England zu waren so, wie sie einst Jarvis gekannt hatte, als er vor einem Jahrhundert ein halbes Jahrhundert lang mit seinen Geliebten und seinen Pferden dort umherzog.

Wer hatte Angst gehabt vor einem Wind, der aus dem Licht kam, das nun das kleine Land schwellte? Das Stückchen Wind in der Sonne war wie Wind in einem leeren Haus; aus den Stubenecken machte er Berge und füllte den Dachboden mit einem Gedränge von Schatten, die durch das Dach brachen; durch die Landkorridore raste er mit hundert Stimmen, jede neue Stimme lauter als die vorige, bis die letzte Stimme zu Boden polterte und das Haus von Geflüster erfüllt war.

»Woher bist du?« flüsterte sie ihm ins Ohr. Sie nahm ihre Arme weg, saß aber immer noch eng bei ihm, ihr Knie zwischen seinen Beinen, ihre Hand auf seinen Händen. Wer hatte Angst gehabt vor einem sonnenverbrannten Mädchen, das nicht größer war und auch nicht seltsamer als die blassen Mädchen daheim, die Babys bekamen, bevor sie verheiratet waren?

»Ich bin aus dem Amman-Tal«, sagte der Junge.

»Ich habe eine Schwester in Ägypten«, sagte sie, »die wohnt in einer Pyramide ...« Sie zog ihn näher an sich heran.

»Man ruft mich ins Haus zum Tee«, sagte er.

Sie hob ihren Rock bis zur Hüfte.

Wenn sie mich liebt, bis ich sterbe, sagte der Junge zu sich selbst unter dem siebenten Baum auf dem Hügel, der nicht drei Minuten lang gleich blieb, dann wird sie mich in ihrem Inneren forttragen; sie wird davonlaufen, so schnell, daß ich in ihr klappere, zu einer Höhle in einem Wald, zu einer Höhlung in einem Baum, wo mich mein Onkel nie mehr findet. Das ist die Geschichte von einem Jungen, der gestohlen worden ist. Sie hat ein Messer in meinen Bauch gerannt und mir den Magen umgedreht.

Sie flüsterte ihm ins Ohr: »Ich werde auf jedem Hügel ein Baby haben; wie heißt du, Amman?«

Der Nachmittag lag im Sterben; träge, namenlos trieb er gen Westen durch die Insektenschwärme im Schatten; über Hügel und Baum und Fluß und Korn und Gras zum Abend hin, der im Meer Gestalt annahm; er wehte davon; er wurde weggeweht aus Wales, in einem Wind, in den langsamen, blauen Körnern, wie ein Wind voller Träume und Arzneien; mit der Ebbe der Sonne hinunter zur grauen, singenden Küste, wo die Vögel der Arche Noah mit Büschen im Schnabel vorübersegeln und sich über die rissigen Sandburgen ein Morgen und ein Morgen türmt. So strich sie ihre Kleider zurecht und schob sich das Haar aus der Stirn, als der Tag zu sterben begann; sie drehte sich auf die linke Seite, unbekümmert um die tiefe Sonne und die dunkler werdenden Fernen. Der Junge erwachte vorsichtig zu einem noch eigenartigeren Traum, einer Sommervision, breiter als die einzige schwarze Wolke, die in der unversehrten Mitte auf einem Turmpfeiler aus Licht schwebte. Er trat hervor aus der Liebe durch einen Wind voll wühlender Messer und eine Grotte voll fleischweißer

Vögel, hinaus auf einen neuen Gipfel: dort stand er wie ein Stein, der dem Wehen der Sterne die Stirne bietet und das feierliche Gehaben des Meerwindes von sich abgleiten läßt; ein harter, zorniger Junge auf einem Erdhügel inmitten eines Landabends; er reckte die Brust vor und sprach harte Worte zur Welt. Aus der Liebe heraus kam er marschiert, mit hocherhobenem Kopf durch eine Höhle zwischen zwei Türen, in einen Aussichtssaal mit einem eisernen Blick über die Erde. Er trat ans letzte Geländer vor dem pechschwarzen Raum; wenn auch die Erde schnell im Kreis rollte, so sah er doch jede Ackerfurche, Tierfährte und Menschenspur, jeden einzelnen Wassertropfen, jeden Kamm, jede Krone und Federzier, jeden Krähenfuß und jede Unterschrift von Staub und Tod, und jeden Zeitschatten: von Eisfeld zu Eisfeld sah er, von den Meeresrändern zu den Meeresmitten, sah den ganzen apfelförmigen Ball unter dem metallenen Geländer jenseits der lebendigen Türen. Er sah durch den schwarzen Daumenabdruck einer Menschenstadt hindurch bis zu dem versteinerten Daumen eines einstmals lebendigen Wiesenmenschen; durch die Gras- und Kleeversteinerung des Landabdrucks sah er hindurch zur ganzen Hand einer vergessenen, unter Europa ertrunkenen Stadt; durch den Handabdruck sah er hindurch zum Arm eines Reiches, das zerbrochen war wie Venus; durch den Arm zur Brust, von der Geschichte zum Schenkel, durch den Schenkel im Dunkel zur ersten Fußspur des Westens zwischen dem Dunkel und dem grünen Eden; und der Garten stand unertrunken, diese nächste Minute lang und in alle Ewigkeit, stand aufrecht unter Asien in der Erde, die im beginnenden Abend ihrer eigenen Musik dahinrollte. Als Gott schlief, da hatte er eine Leiter erklettert, und der Raum drei Sprünge über der letzten Sprosse war gedeckt und gedielt mit den lebendigen Seiten des Buches aller Tage; die Seiten waren Gärten, und die gebauten Worte waren Bäume, und Eden wuchs über ihm auf zu Eden, und Eden wuchs durch die untere Erde hinab nach Eden, ein endloser Gang aus Ästen und Vögeln und Blättern. Der Junge stand auf einem Hang, der war nicht breiter als der Spielraum der Liebe in der Welt, und hinter seinen Schultern küßten sich die beiden Pole. Er stolperte vorwärts wie Atlas, setzte sich langbeinig über die eiserne Aussicht hinweg, lief durch die Höhle der Messer und die gekenterten Riesenauswüchse der Zeit zum Hügel auf dem Feld hin, das unter dem Raum in den Wolken über den Gärten, die immer mehr wurden, nur ein kleines Strichlein gewesen war.

»Wach auf«, sagte das Mädchen in sein Ohr; die eisernen Schriftzeichen waren in ihrem Lächeln zerbrochen, und Eden schrumpfte in den siebenten Schatten ein. Sie sagte ihm, er solle ihr in die Augen sehen. Er hatte gedacht, ihre Augen seien braun oder grün, aber sie waren meerblau mit schwarzen Wimpern, und ihr dichtes Haar war schwarz. Sie fuhr ihm durchs Haar und legte seine Hand tief in ihre Brust, so daß er wußte, die Spitze ihres Herzens war rot. Er sah in ihre Augen, aber die machten aus der Sonne einen runden Spiegel, und als er rasch wegrückte, sah er durch die durchsichtigen Bäume hindurch; sie konnte aus jedem Baum einen langen Kristall machen und das Hauswäldchen in einen Schleierflor verwandeln. Sie sagte ihm ihren Namen, aber noch während sie sprach, hatte er ihn schon vergessen; sie sagte ihm ihr Alter, und das war eine neue Zahl. »Sieh mir in die Augen«, sagte sie. Es war nur eine Stunde bis zur wirklichen Nacht, die Sterne kamen heraus, und der Mond war bereit. Sie nahm seine Hand und führte ihn im Lauf zwischen den Bäumen hindurch über den Kamm des taubenetzten Hügels, über die blühenden Nesseln und die geschlossenen Strohblumen, über die Stille ins Sonnenlicht und in das Getöse eines Meeres, das an Sand und Steine brandete.

Der Hügel in seinem Schirm von Bäumen: zwischen den Feldern landeinwärts und dem landwärts rollenden Meer, zwischen der Nacht auf dem Wald und dem fleckigen Strand, der gelb in der Sonne lag; zwischen dem verschwindenden Korn auf zehn trockenen Meilen Ackerlandes und den goldenen Einöden, wo der gespaltene Sand über Felsen leckte, da stand der Hügel zwischen der Zeit und über einer geheimen Wurzel. Der Hügel in zwei Scheinwerferkegeln: von hinten schien der Mond auf sieben Bäume, und die Sonne eines seltsamen Tages wanderte im sprudelnden Vordergrund über das Wasser. Der Hügel zwischen einer Eule und einer Seemöwe: der Junge hörte zwei Vogelstimmen, als braune Flügel durch die Zweige kletterten und die weißen Flügel vor ihm auf den Meereswellen flatterten. »Schuhuh, schuhuh! Geh nicht auf Abenteuer aus!« Jetzt befahlen ihm die Möwen, die im Himmel schwammen, weiterzulaufen über den warmen Sand, bis das Wasser ihn in seine Wellen nahm und der Gischt rundum an ihm zerrte wie ein Wind und eine Kette. Sie hatte ihre Hand in der seinen, und sie rieb ihre Wange an seiner Schulter. Er war froh über ihre Nähe, denn die Prinzessin war zerbrochen, und das ungeheuerliche Mädchen war in einen Baum verwandelt, und das beängstigende Mädchen, das das Land in einen Taumel von Größer und Kleiner stürzte und ihn aus der Liebe hinaus in das wolkige Haus trieb, blieb allein zurück im Kreis des Mondes und in den sieben Schatten hinter dem Schirm von Bäumen.

Es war heiß an jenem Morgen im unerwarteten Sonnenschein. Ein Mädchen in einem Kattunrock legte ihren Mund an sein Ohr. »Wer von uns läuft schneller zum Meer?« sagte sie, und ihre Brüste hüpften auf und nieder, als sie mit wild fliegendem Haar vor ihm hinrannte bis an den Rand des Meeres, das nicht aus Wasser gemacht war, und bis zu den kleinen donnernden Kieseln, die in Millionen Stücke zerbrachen, als das trockene Meer höher stieg. Entlang der glänzenden Schwemmlinie, vom Horizont her, wo die gewaltigen Vögel segelten wie Boote, aus den vier Ecken der Windrose, heraufschwellend durch die Unkrautbeete, heranschmelzend vom Orient her und von den Tropen, aufsteigend durch die Eishügel und Walfischgefilde, durch die Gänge des Sonnenuntergangs und Sonnenaufgangs, durch die Salzgärten und Heringsfelder, die Wasserwirbel und Felsstrudel, aus den Rinnsalen in den Bergen, herab über die Wasserfälle – so kam es heran: ein weißgesichtiges Menschenmeer, die furchtbare, tödliche

Zahl der Wellen, die See aller Jahrhunderte, auf die der Hagel vor Christi Geburt niedergeprasselt war, die den Sturmwind von morgen erlitt – – mit den Stimmen der ganzen Welt brach sie herein über den endlosen Strand.

»Komm zurück! Komm zurück!« rief der Junge das Mädchen.

Sie lief achtlos weiter über den Sand und ging im Meer verloren. Nun war ihr Gesicht ein weißer Wassertropfen im waagrechten Regenfall, und ihre Glieder waren weiß wie Schnee, verloren in der weißen, wandelnden Flut. Nun war das Herz in ihrer Brust eine kleine rote Glocke, die in einer Woge läutete, ihr farbloses Haar war ein Saum auf dem Schaum, und ihre Stimme leckte über das Fleisch- und Beinwasser.

Wieder rief er, aber sie hatte sich unter die ein- und ausströmenden Leute gemengt. Deren Flut wurde von einem schweren Mond angezogen, der nie seine Rundung verlor. Die langen Meergebärden der Leute waren bedächtig, die flachen Hände winkten, die Köpfe waren erhoben, die Augen in den Maskengesichtern starr nach einer Richtung gewandt. Ach, wo im Meer war sie jetzt?

Unter den Weißlichen wanderte sie, und unter den Korallenäugigen. »Komm zurück! Komm zurück, Liebste! Lauf heraus aus dem Meer!« Unter den wallfahrenden Wellen. Die Glocke in ihrer Brust läutete über dem Sand.

Er rannte zum gelben Fuß der Dünen hin und rief dabei über seine Schulter: »Lauf heraus aus dem Meer!« In dem einst grünen Wasser, wo die Fische schwammen, wo die Möwen ruhten, wo die leuchtenden Steine auf der Waage des grünen Meerbodens gewetzt und gewiegt wurden, wenn Schiffe schwer über die Handelsstraßen dahindampften und die irren, namenlosen Tiere hinunterkamen, um das Salz zu trinken. Unter den messenden Menschen. Ach wo war sie jetzt? Das Meer war verloren hinter den Dünen. Er stolperte weiter über Sand und Sandblumen, wie ein blinder Junge in der Sonne stolpert. Die Sonne entwischte und hielt sich hinter seinen Schultern.

Es war einmal vor langer Zeit eine Geschichte, die hatte

die Wasserstimme geflüstert; die wehte das Echo heraus aus den Bäumen in den goldenen Mulden hinter der Küste, die scharrte am Holz, bis die Vögel mit ihrem feinen Gehör und alle die Tiere gesprungen kamen. Aus einem Fenster in der Flut flog ein Rabe an ihm vorbei zum blinden Windturm, der im Zorn von morgen erbebte wie eine aus Unwettern und Wolkenfetzen gemachte Vogelscheuche.

»Es war einmal«, sagte die Wasserstimme.

»Geh nicht mehr auf Abenteuer aus«, sagte das Echo.

»Sie läutet im Meer eine Glocke für dich.«

»Ich bin die Eule und das Echo: du gehst nie mehr zurück!«

Auf einem Hügel am Horizont stand ein alter Mann und baute ein Schiff, und das schräge, vom Meer gespiegelte Licht warf einen heiligen Berg aus Schatten auf die dreistöckigen Verdecke und auf die Bretter aus dem Morgenland. Und durch den Himmel, aus den Beeten und Gärten, über den weißen Absturz aus Federn hinab, über die lauten Kämme und Mulden und aus den Höhlen im Hügel trieben die wolkigen Gestalten von Vögeln und Tieren und Insekten in das behauene Tor. Eine Taube mit einem grünen Blütenblatt folgte dem Flug des Raben. Kühler Regen begann zu fallen.

Die Zitrone

An einem frühen Morgen unter dem Lichtbogen einer Lampe, vorsichtig, schweigend, in weißem Kittel und Gummihandschuhen verpflanzte der Arzt den Kopf einer Katze auf den Rumpf eines Huhnes. Das katzenköpfige Geschöpf schwankte auf seinen Beinen in einem gläsernen Haus; obwohl es aus seinen geschlitzten Augen in die Welt starrte, sah es nichts; das Flattern eines fremden Pulses war unter seinem Fell und seinen Federn; und als es den rechten Fuß, der neben der Glaswand stand, hob, schwankte es nach links. Wenn man das Geschlecht eines Hundes verändert, dann schreit er wie eine Hündin in der Brunftzeit und beschnuppert erstaunt die blinden Jungen, die man ihm hinlegt. Solch ein seltsamer Hund mit eingepflanztem Eierstock heulte in seinem Käfig. Der Arzt legte das Ohr ans Glas und hoffte auf einen neuen Ton. Die Sonne wehte durch die Fenster ins Laboratorium, und das Licht des Windes hatte die Farbe der Sonne. Mit Musik in den Ohren bewegte er sich zwischen seinen Phiolen und Flaschen voll Leben umher. Die Verstümmelten waren still, die Neugeborenen in den Kaninchenkäfigen sogen freudig die hygienische Luft in ihre Lungen ein. Das Wiesel am Fenster würde morgen eine Geschwulst im Ohr bekommen, aber heute hüpfte es noch in der Sonne.

Der Hügel war so groß wie ein Berg, und das Haus schwoll an wie ein Hügel auf dem höchsten Gipfel. Das Haus, das zu viele Zimmer hatte, hatte auch ein Zimmer für die wilden Eulen und einen Keller für das Ungeziefer, das sich auf dem sauberen Stroh vermehrte und fett wurde wie Kaninchen. Die Menschen in dem Haus gingen um wie zu viele Gespenster zwischen den mit weißen Tüchern bedeckten Tischen, begegneten einander auf den Korridoren und bedeckten ihre Augen aus Angst vor einem neuen

Fremdling, oder scharten sich manchmal im großen Saal zusammen und fragten einander, wie die Neugeborenen genannt werden sollten. Eines nach dem andern verschwanden die Gesichter, aber immer war eines da, um an die Stelle eines anderen zu treten, eine Frau mit einem Kind an der Brust oder ein blinder Mann aus der großen Welt. Alle hatten sie die Schlüssel des Hauses.

Es war ein Knabe unter ihnen, der den Namen des Hauses trug. Er war der Sohn des Hauses, das ein Hügel genannt wurde, und spielte mit den Schatten in den Korridoren und schlief in der Nacht in einem Zimmer hoch oben, durch Fensterläden von den Sternen getrennt. Aber die Leute des Hauses schliefen im Angesicht des Mondes, hörten die Möwen vom Meer, den Lärm der Wogen, die auf dem Sand brandeten, wenn der Wind vom Süden wehte; sie schliefen mit offenen Augen.

Der Arzt erwachte mit den Vögeln; an jedem Morgen sah er die Sonne in gefärbtem Wasser aufgehen, und der Tag, gleich den Gewächsen in seinen Tiegeln, wurde heller und stärker, wenn die wachsenden Stunden den Regen oder Sonnenschein und die Teilchen des Winterlichtes von sich abfallen ließen. Wie er es gewohnt war, wandte er sich an diesem Morgen vom Fenster, wo das Wiesel hüpfte, dem Leben hinter Glas zu. Mit unsterblicher Ruhe, mit dem niemals endenden Anfang eines Lächelns, das keine Mutter mit dem Mund ihrer Milch entblößt, beobachtete er, wie die Jungen an ihren Müttern und an seinen Geschöpfen sogen und leckten, wie die Neuausgebrüteten flatterten, und wie die Vögel, die gefüttert wurden, ihre Schnäbel öffneten. Er war die Macht und das Messer, das den Lehm schnitt, er war das Geräusch und die Substanz, denn er schuf eine Hand aus Glas, eine Hand mit Adern, und nähte sie auf das lebendige Fleisch, und sie erstarkte in der Wärme des falschen Lichtes, und die Glasnägel wuchsen und wurden lang. Leben floß in seinen Fingern, floß in der Hitze seiner Säuren, floß auf der Oberfläche seiner siedenden Kräuter. Er hatte den Tod in tausend Pulvern; er hatte ein Kruzifix aus Dampf gefrieren lassen; alle die großen Chemien der Welt, die Geheimnisse der Materie – »Seht«, sagte er laut, »ein Brandmal auf der Stirne eines Frosches, wo zuvor kein Brandmal und kein Frosch war« – hatten für ihn in seinem Zimmer im obersten Stockwerk des Hauses kein Geheimnis.

Das Haus war das einzige Geheimnis. Alles geschieht in einer Glut von Licht; das Tasten der blinden Hände eines Knaben an den Wänden des Korridors war eine Bewegung von Licht, wenn auch die letzte Kerze am oberen Ende der Treppe trübe wurde und die Linien des Lichtes zu Füßen der versperrten Türen plötzlich fortgenommen wurden. Nant, der Knabe, war nicht allein; er hörte ein Kleid rascheln, eine Hand unter seiner eigenen auf der Tünche der Wand scharren. »Wessen Hand?« fragte er leise. Dann floh er in panischem Schrecken über die finsteren Teppiche hinab und rief lauter: »Nein, gib mir keine Antwort!« »Deine Hand«, sagte die Dunkelheit, und Nant blieb stehen.

Der Tod war zu lang für den Arzt, und die Ewigkeit nahm zu viel Zeit in Anspruch.

Ich war in einem Traum dieser Knabe, und ich stand angewurzelt still und wußte, daß ich allein war, und wußte, daß die Stimme meine eigene war und die Dunkelheit nicht der Tod der Sonne, sondern das dunkle Licht, das von den Wänden der fensterlosen Korridore zurückgeworfen wurde. Ich streckte meinen Arm aus, und er verwandelte sich in einen Baum. An jenem frühen Morgen, unter dem Lichtbogen einer Lampe, erzeugte der Arzt eine neue Säure und quirlte sie im Kreis, immer rundum, mit einem Löffel, und sah, wie sie sich in ihrem Becher färbte und dann durch die Temperaturveränderung die Farbe von Wasser annahm. Es war die stärkste aller Säuren und verbrannte die Luft, aber sie kämpfte sich süß wie Sirup durch seine Finger und brannte nicht ein bißchen. Vorsichtig und schweigend hob er den Becher und öffnete die Türe eines Käfigs. Das war eine neue Milch für die Katze. Er schüttete die Säure in eine Untertasse, und das katzenköpfige Geschöpf glitt herab, um zu trinken.

Ich war in einem Traum dieser Katzenkopf: ich trank die Säure und ich schlief ein; ich wachte im Tod auf, aber dort vergaß ich den Traum und bewegte mich weiter als anderes Wesen im Ebenbild des Knaben, der vor der Dunkelheit Angst hatte. Und mein Arm war nicht mehr der Ast eines Baumes, und wie ein Maulwurf hastete ich vom Licht fort zum Licht hin. Einen einzigen blinden Augenblick lang war ich ein Maulwurf, der mit Kinderhänden in der Erde von Wales etwas aufwühlte oder sich hinunterwühlte; ich weiß nicht mehr, ob es das eine oder das andere war. Ich wußte, daß ich träumte, aber plötzlich erwachte ich zum harten, wirklichen Fehlen des Lichtes in den Korridoren des Hauses. Es war niemand da, um mich zu führen; der Arzt, der Fremdling im weißen Kittel, der in seinem Turm voller Vögel eine neue Logik schuf, war mein einziger Freund. Nant rannte zum Turm des Arztes hin, über Wendeltreppen und eine zerbrochene Leiter hinauf, las bei Kerzenschein ein Zeichen, das sagte *Nach London* und nach der Sonne; so kletterte er in meinem Ebenbild und ich in seinem, und wir waren zwei Brüder, die kletterten.

Der Schlüssel hing an einer Kette an einem Ring an meinem Gürtel. Ich öffnete die Tür und fand den Arzt, wie ich ihn immer fand. Er starrte durch die Wände eines Glaskäfigs. Er lächelte, aber achtete nicht auf mich, der hundert Sekunden lang nach seinem Lächeln und nach seinem weißen Kittel gelechzt hatte. »Ich habe dem Tier meine Säure gegeben, und es ist gestorben«, sagte der Arzt. »Und nach zehn Minuten ist die tote Henne aufgestanden und auf ihren eigenen Füßen gestanden. Sie hat sich an dem Glas gerieben wie eine Katze, und ich habe ihren Katzenkopf gesehen. Das waren zehn Minuten Tod.«

Ein Sturm zog herauf, schwarzen Leibes, vom Meer her, und brachte Regen und zwölf Winde, um die Hügelvögel vom Angesicht des Himmels zu verjagen; der Sturm, der schwarze Mann, der Pfeifer vom Meeresgrund und vom Rand der Fischsteine, der Donner, der Blitz, die mächtigen Kiesel, sie alle stiegen auf; wie eine Krankheit, eine Nachgeburt, die aus dem Bauch von Unwettern aufsteigt; verrückt wie ein Nebel, der aufsteigt; der Antichrist auf einer Meerflamme oder einem Dampfkruzifix stieg auf und zog sich den Regen an; weil die Säure stärker war, stieg der sich mehrende Sturm in der Farbe des Zornes auf; ganz und gar unheilschwanger, unheilig felsenhändig.

Das war die Außenwelt.

Und die Schatten, die mit Schwimmhäuten und gespaltenen Hufen im Haus umgingen, mit den Rücken von Vögeln; die verschrobenen, verschobenen Schatten, die eine Frau in jeder Hand trugen, hatten keine Substanz, die sie werfen konnten. Und die Schaumpferde des Außenmeeres kletterten wie die Füchse auf den Hügeln. Das, was Nant und den Doktor hielt, der Knochen eines Pferdekopfes, der Ochse und der schwarze Mann, die aus dem Bild aus Lehm aufstiegen, das war die Innenwelt. Das war die Innenwelt, in der die Säure stärker wurde und der Tod in der Säure zehn Tage zur toten Zeit hinzufügte.

Immer noch sah mich der Arzt nicht. Ich, der ich der Arzt in einem Traum war, der fremdländische Logiker, der Vogelmacher, vertieft in die Säure, daß sie stärker werde, und in die Suche nach Vergessenheit, hob bald den Becher an meinen Mund, als der Sturm heraufzog. Donner krachte, als ich trank; und als er fiel, kam auf dem Wind der Blitz herüber.

»Es ist ein toter Mann im Turm«, sagte eine Frau zu ihrer Begleiterin, als sie an der Türe des großen Saals standen.

»Es ist ein toter Mann im Turm«, sagten die Echos in den Ecken, und ihre Stimmen erhoben sich im ganzen Haus. Auf einmal war ein dichtes Gedränge im großen Saal, und die Menschen des Hauses bewegten sich durcheinander und fragten nach den Namen der Neugeborenen.

Nant stand neben dem Arzt. Nun war der Arzt tot. Es gab einen Korridor, der zum Turm der Zehn Tage Tod führte, und dort tanzte eine Frau allein, mit den Händen eines Mannes auf ihren Schultern. Und bald gesellten sich zu ihr die Jungfrauen, nackt bis an die Hüften, und machten die Bewegungen des Tanzes; sie tanzten auf die offenen Türen der Korridore zu, standen schwerelos in den Eingängen; sie tanzten vier Schritt auf die Türen zu, und dann tanzten sie vier Schritt zurück. Im langen, großen Saal tanzten sie zur Feier des Toten. Das war der Tanz der Lahmen, der Blinden und der Halbtoten, das der Tanz der Verleugnung der Toten, das der Tanz der Kinder, der grabesernsten Mädchen, die bis zur Hüfte entblößt waren, das der Tanz der Träumer, der offenäugigen und nackten Mohnköpfe, die sich im Schlaf bewegten. Der Arzt lag tot zu meinen Füßen. Ich kniete nieder, um seine Rippen zu zählen, um seinen Unterkiefer zu heben, um den Säurebecher aus seiner Hand zu nehmen. Aber die tote Hand war starr.

Da sagte eine Stimme bei meinem Ellenbogen: »Öffne die Hand.« Ich bewegte mich, um der Stimme zu gehorchen, aber eine leisere Stimme sagte mir ins Ohr: »Laß die Hand starr werden.« »Schlag die zweite Stimme.« »Schlag die erste Stimme.« »Öffne die Hand.« »Laß die Hand starr werden.« Ich schlug mit der Faust auf beide Stimmen ein, und Nants Hand verwandelte sich in einen Baum.

Zu Mittag war der Sturm stärker; den ganzen Nachmittag lang schüttelte er den Turm und riß die Schieferplatten vom Dach; er kam vom Meer und von der Erde her, von den Meeresgründen und von den Wurzeln der Wälder. Ich konnte nichts hören als die Stimme des Donners, der die zwei getroffenen Stimmen ertränkte; ich sah den Blitz den Hügel hinaufschreiten, einen bunten, gegabelten Mann, der mich durch die Turmfenster blendete. Und immer noch tanzten sie, in den frühen Abend hinein. Der Sturm wurde stärker, und immer noch tanzten die halbnackten Jungfrauen auf die Türen zu. Das war der Tanz der Feier des Todes in der Innenwelt.

Ich hörte eine Stimme über dem Donner sagen: »Die Toten sollen begraben werden.« Dies war nicht der immerwährende Tod, sondern ein Tod von Tagen; dies war ein Schlaf ohne Herz. »Wir begraben die Toten«, sagte die Stimme, die mein Herz hörte, das Kurze und das Ewigwährende. Der Sturm, der vorn auf dem Wind saß, maß die Entfernungen der Stimme ab, aber ein toter Punkt im Regen erlaubte den zwei kämpfenden Stimmen neben mir, mich zur Hand und zur Säule zurückzurufen. Ich zog die erstarrende Hand hoch, öffnete die Finger und hob den Becher an meinen Mund. Als das Glas mich brannte, kam ein Pochen an der Türe und ein Schrei von den Menschen des Hauses. Sie, die den Körper des Neugestorbenen suchten, behelligten die Türe. Mein Knabenherz brach. Rasch blickte ich auf den Tisch hinüber, wo eine Zitrone auf dem Teller lag. Ich machte ein Loch in die Haut der Zitrone und goß die Säure hinein. Dann fuhr der Sturm der dunklen Stimmen und des Pochens nieder, und die Turmtüre brach in ihren Angeln. Der Tote wurde gefunden. Ich kämpfte zwischen den Schultern der eintretenden Fremden, überließ sie ihrem Plündern, wendelte mich die Treppe hinunter und eilte durch die Korridore, die Zitrone an meiner Brust verborgen.

Nant und ich waren Brüder in dieser wilden Welt, weit von den Grenzdörfern, vom Meer, das England in seiner Hand hält, von den hochgebauten Kirchtürmen und den ungefressenen Gräbern unter ihnen. Als ein Einziger, mit einem Kopf und zwei Füßen, liefen wir durch die Gänge und Hallen und sahen keine Schatten und hörten nichts von den bösen Heimlichkeiten des Hauses. Die Zimmer waren leer von Bösem. Wir sahen uns nach einem Teufel in den Ecken um, aber die Geheimnisse der Ecken waren die unseren. So liefen wir weiter, voll Furcht vor unseren Fußtritten, jubilierend im Pochen des Blutes, denn der Tod war an unserer Brust geborgen, eine scharfe Frucht, ein volles, gelbes Gewächs, das die Form seiner Haut hatte. Nant war ein einsamer Läufer und ein halbes Entsetzen zurück, ging meinen eigenen Weg, den Weg des Lichtes, das über dem Hügel von Cathmarw und dem schwarzen Tal anbrach. Und er ging seinen eigenen Weg und kletterte allein eine Steintreppe zum letzten Turm hinauf. Er legte seinen Mund an ihre Wange und berührte ihre Brustwarze. Der Sturm starb, als sie ihn berührte.

Er schnitt die Zitrone entzwei, mit den Scheren, die von der Schnur ihres Rockes niederbaumelten.

Und der Sturm zog herauf, als sie tranken.

Das war das Kommen des Todes in der Innenwelt.

Nach dem Jahrmarkt

Der Jahrmarkt war vorbei, die Lichter in den Schießbuden wurden ausgelöscht, und die hölzernen Pferde standen still in der Dunkelheit und warteten auf die Musik und das Summen der Motoren, die sie in Trab setzen würden. Eine nach der andern wurden die Karbidlampen in jeder Bude ausgedreht und die Tücher über die kleinen Spieltische gezogen. Die Leute gingen nach Hause, und in den Fenstern der Wohnwagen schien Licht.

Niemand hatte das Mädchen bemerkt. In ihren schwarzen Kleidern stand sie neben dem Karussell, hörte die letzten Schritte auf dem Sägemehl und die letzten Stimmen, die in der Ferne erstarben. Dann, ganz allein auf dem verlassenen Platz, umgeben von hölzernen Pferdegestalten und billigen Schaukelschiffen, suchte sie eine Stelle zum Schlafen. Einmal da, einmal dort hob sie die Zeltleinwand, die die Schießbuden mit ihren Kokosnüssen einhüllte, und spähte in die warme Dunkelheit. Sie hatte Angst, den Schritt hinein zu machen, und wenn eine Maus über die auf dem Boden verstreuten Hobelspäne huschte, oder wenn das Zelttuch knarrte und ein Windstoß es tanzen ließ, rannte sie weg und versteckte sich wieder beim Karussell. Einmal trat sie auf die Bretter, die Schellen am Hals eines Pferdes klirrten und waren still; sie wagte nicht wieder zu atmen, ehe alles wieder ruhig war und die Dunkelheit den Lärm der Schellen vergessen hatte. Dann ging sie hin und her und sah sich verstohlen nach einem Bett um, in jeder Gondel, unter jedem Zelt. Aber nirgends, nirgends auf dem ganzen Jahrmarkt gab es eine Stelle, wo sie schlafen konnte. Da war es zu still, dort wieder hörte sie Mäuse. In der Ecke des Zeltes der Sterndeuterin lag Stroh, aber es bewegte sich, als sie es berührte; sie kniete daneben nieder und streckte die Hand aus; sie fühlte die Hand eines Babys auf ihrer eigenen.

Nun gab es keine Stelle mehr, also wendete sie sich langsam den Wohnwagen am Rand des Feldes zu und fand alle bis auf zwei dunkel. Sie wartete, umklammerte ihre leere Handtasche und fragte sich, bei welchem der Wohnwagen sie sich trauen sollte zu stören. Endlich entschloß sie sich, an das Fenster des kleinen, schäbigen Wagens zu klopfen, der am nächsten stand, und auf Zehenspitzen sah sie hinein. Der fetteste Mann, den sie je gesehen hatte, saß drinnen vor dem Ofen und röstete eine Scheibe Brot. Sie pochte dreimal an die Scheibe und versteckte sich dann im Schatten. Sie hörte ihn oben zur Trittleiter kommen und rufen: »Wer? Wer?« Aber sie wagte nicht zu antworten. »Wer? Wer?« rief er wieder.

Sie lachte über seine Stimme: die war so dünn, wie er fett war.

Er hörte ihr Lachen und drehte sich dorthin, wo die Dunkelheit sie verbarg. »Erst klopfst du«, sagte er, »dann versteckst du dich, dann lachst du.«

Sie trat in den Lichtkreis; sie wußte, daß sie sich nicht mehr zu verstecken brauchte.

»Ein Mädchen«, sagte er. »Komm rein und tritt dir die Füße ab.« Er wartete nicht, sondern zog sich in seinen Wohnwagen zurück, und sie konnte nichts tun, als ihm die Leiterstufen hinauf in den engen Raum folgen. Er saß wieder da und röstete die gleiche Scheibe Brot. »Bist du drinnen?« fragte er, denn er saß mit dem Rücken zu ihr.

»Soll ich die Tür zumachen?« fragte sie und machte sie zu, bevor er noch antwortete.

Sie setzte sich auf das Bett und sah ihn an, wie er das Brot röstete, bis es anbrannte.

»Ich kann besser rösten als du«, sagte sie.

»Glaub ich gern«, sagte der fette Mann.

Sie sah zu, wie er die verkohlte Brotscheibe auf einen Teller neben sich legte, eine andere Scheibe nahm und auch die vor den Ofen hielt. Sie verbrannte sehr schnell.

»Laß mich das für dich rösten«, sagte sie. Schwerfällig gab er ihr die Gabel und den Brotlaib.

»Schneid eins ab«, sagte er, »röst es und iß es.«

Sie setzte sich auf den Stuhl.

»Sieh mal die Delle, die du in mein Bett gemacht hast«, sagte der fette Mann. »Wer bist du eigentlich, daß du einfach hier reinkommst und mein Bett eindellst?«

»Ich heiße Annie«, sagte sie ihm.

Bald war das ganze Brot geröstet und mit Butter bestrichen, und so stellte sie den Teller in die Mitte des Tisches und rückte zwei Stühle zurecht.

»Ich esse meins auf dem Bett«, sagte der fette Mann. »Du iß hier.«

Als sie mit ihrem Abendbrot fertig waren, schob er seinen Stuhl vom Bett zurück und starrte sie über den Tisch hin an.

»Ich bin Der Fette Mann«, sagte er. »Ich komm aus Treorchy; die Wahrsagerin nebenan ist aus Aberdare.«

»Ich hab nichts zu schaffen mit dem Jahrmarkt«, sagte sie, »ich bin aus Cardiff.«

»Ja, das ist schon eine Stadt«, nickte der Fette Mann. Er fragte sie, warum sie weggegangen sei.

»Geld«, sagte Annie.

Dann erzählte er ihr vom Jahrmarkt und den Orten, in denen er gewesen war, und von den Leuten, die er kennengelernt hatte. Er sagte ihr sein Alter und sein Gewicht und die Namen seiner Brüder, und wie er seinen Sohn nennen werde. Er zeigte ihr ein Bild des Hafens von Boston und die Photographie seiner Mutter, der Gewichtestemmerin. Er erzählte ihr, wie in Irland der Sommer aussah.

»Ich bin immer ein fetter Mann gewesen«, sagte er, »und jetzt bin ich Der Fette Mann; keiner kommt an mich ran, was Fett angeht.« Er erzählte ihr von einer Hitzewelle in Sizilien und vom Mittelmeer. Sie erzählte ihm von dem Baby im Zelt der Sterndeuterin.

»Das sind wieder die Sterne gewesen«, sagte er.

»Das Baby wird sterben«, sagte Annie.

Er öffnete die Tür und ging hinaus in die Dunkelheit.

Sie sah sich um, rührte sich aber nicht; sie fragte sich, ob er einen Polizisten holen gegangen sei. Das wäre nicht das Wahre, wenn der Polizist sie zum zweiten Mal erwischte. Sie starrte durch die offene Tür in die unwirtliche Nacht und zog ihren Stuhl näher zum Ofen.

»Besser in der Wärme erwischt werden«, sagte sie. Aber sie zitterte, als sie den Fetten Mann kommen hörte, und preßte die Hände auf ihre dünne Brust, als er die Stufen heraufkletterte wie ein wandelnder Berg. Durch die Dunkelheit konnte sie ihn lächeln sehen.

»Sieh, was die Sterne gemacht haben«, sagte er und brachte in seinen Armen das Baby der Sterndeuterin herein.

Annie hielt das Kind an sich geschmiegt, und es weinte an der Brust ihres Kleides; dann erzählte sie dem Fetten Mann, welche Angst ihr sein Weggehen gemacht hatte.

»Was sollt' ich denn mit einem Polizisten?«

Sie sagte ihm, daß der Polizist sie suche. »Was hast du denn getan, daß dich ein Polizist sucht?«

Sie antwortete nicht, sondern hielt das Kind dichter an ihre ausgezehrte Brust. Er sah, wie mager sie war.

»Du must essen, Cardiff«, sagte er.

Dann fing das Kind an zu weinen. Aus einem kleinen Jammern wuchs seine Stimme zu einem Sturm der Verzweiflung. Das Mädchen wiegte das Kind auf dem Schoß hin und her, aber nichts konnte es besänftigen.

»Hör auf! Hör auf!« sagte der Fette Mann, und die Tränen nahmen zu. Annie bedeckte es mit Küssen, aber es brüllte weiter.

»Wir müssen irgendwas tun«, sagte sie.

»Sing ihm ein Wiegenlied.«

Sie sang, aber das Kind mochte ihr Singen nicht.

»Da gibt's nur eins«, sagte Annie, »wir müssen mit ihm aufs Karussell.« Die Arme des Kindes um ihren Hals, stolperte sie die Stufen hinunter und lief auf den verlassenen Jahrmarkt zu, hinter ihr her keuchend der Fette Mann.

Zwischen den Zelten und Buden hindurch fand sie den Weg zur Mitte des Platzes, wo die hölzernen Pferde stan-

den und warteten, und erkletterte einen Sattel. »Stell den
Motor an!« rief sie. Von weitem war zu hören, wie der
Fette Mann die altertümliche Maschine anwarf, die den
ganzen Tag lang die Pferde zu hölzernem Galopp antrieb.
Sie hörte das stoßweise Summen der Motoren; die Bretter
klapperten unter den Pferdebeinen. Sie sah den Fetten
Mann an ihrer Seite auftauchen, den Haupthebel umlegen
und in den Sattel des kleinsten der Pferde klettern. Als das
Karussell sich in Bewegung setzte, langsam erst und lang-
sam schneller werdend, hörte das Kind an der Brust des
Mädchens zu weinen auf und klatschte in die Hände. Der
Nachtwind fuhr ihm durchs Haar, die Musik schrillte ihm
in den Ohren. Rundumher sausten die Pferde und über-
tönten die Schreie des Windes mit dem Schlagen ihrer
Hufe.

Und so fanden die Männer aus den Wohnwagen sie: den
Fetten Mann und das Mädchen in Schwarz mit einem kleinen Kind in den Armen, auf ihren mechanischen Rossen
im Kreis wirbelnd zur immer lauter anschwellenden Musik der Orgel.

Der Besucher

Seine Hände waren müde, obwohl sie die ganze Nacht
lang auf seinen Bettüchern gelegen hatten und er sie nur
zu seinem Mund und zu seinem wilden Herzen hin bewegt hatte. Die Venen liefen, ungesund blaue Ströme, ins
weiße Meer. An seiner Seite dampfte Milch aus einer an-
geschlagenen Tasse. Er roch den Morgen und wußte, daß
Hähne im Hof die Köpfe zurückwarfen und die Sonne
ankrähten. Was waren die Tücher rund um ihn, wenn
nicht die einhüllenden Laken der Toten? Was war die
Uhr mit der geschäftigen Stimme, die zwischen Photo-
graphien seiner Mutter und seiner toten Frau erklang,
wenn nicht die Stimme eines alten Feindes? Die Zeit war
so gnädig, die Sonne auf sein Bett scheinen zu lassen, und
so gnadenlos, die Sonne von der Uhr davonschlagen zu
lassen, wenn die Nacht heraufzog und er das rote Licht
und die klare Wärme noch mehr brauchte.
Rhianon war Wärterin eines Toten und setzte den ange-
schlagenen Rand der Tasse an eine tote Lippe. Herz
konnte das keines sein, was unter den Rippen schlug. In
den Toten schlagen keine Herzen. Während er dagelegen
hatte, bereit für Meßband und Säure, hatte Rhianon ihm
die Brust aufgeschnitten, mit einem Buchmesser, hatte
das Herz herausgenommen, hatte die Uhr eingesetzt. Er
hörte sie zum dritten Mal sagen: »Trink die gute Milch«,
und er fühlte die Milch sauer über seine Zunge rieseln
und ihre Hand seine Stirne liebkosen und wußte, daß er
nicht tot war. Er war ein lebender Mensch. Viele Meilen
weit flossen die Monate in die Jahre, rund um die trockenen Tage.
  Callaghan würde heute dasitzen und mit ihm sprechen.
Er hörte in seinem Hirn die Stimmen Callaghans und
Rhianons miteinander kämpfen, bis er schlief, und er

schmeckte das Blut von Worten. Seine Hände waren müde. Er grübelte über seinen langen, weißen Körper und merkte, wie die Rippen an beiden Seiten hervorstanden. Diese Hände hatten andere Hände gehalten und einen Ball hoch in die Luft geworfen. Nun waren sie tote Hände. Er konnte sie in sein Haar winden und konnte sie, ohne etwas zu spüren, auf seinem Bauch ruhen lassen oder sie im Tal zwischen Rhianons Brüsten verlieren. Es lag nichts dran, was er mit ihnen tat oder zeigte, sie waren so tot wie die beiden Zeigerhände, mit denen die Uhr ihre Stunden anzeigt, und auch sie bewegte ein Uhrwerk.

»Soll ich die Fenster zumachen, bis die Sonne wärmer ist?« fragte Rhianon.

»Mir ist nicht kalt.«

Er würde ihr sagen, daß die Toten weder Kälte noch Wärme spüren, daß Sonne und Wind seine Hüllen niemals durchdringen konnten. Aber sie würde auf ihre freundliche Art lachen und würde ihn auf die Stirne küssen und zu ihm sagen: »Was hast du denn, Peter? Eines Tages wirst du wieder frisch und munter sein.«

Eines Tages würde er auf den Jarvishügeln herumgehen wie der Geist eines Knaben und würde die Leute sagen hören: »Dort geht der Geist von Peter, dem Dichter, der schon jahrelang tot war, bevor sie ihn begruben.«

Rhianon zog die Bettücher zurecht, daß sie seine Schultern bedeckten, gab ihm einen Gutenmorgenkuß und nahm die angeschlagene Tasse weg.

Ein Mann mit einem Pinsel hatte eine Rippe aus Farbe unter die Sonne gezeichnet und hatte viele Kreise um den Kreis der Sonne gemalt. Der Tod war ein Mann mit einer Sense, aber an diesem Sommertag würde kein lebender Halm niedergemäht werden.

Der Kranke wartete auf seinen Besucher. Peter wartete auf Callaghan. Sein Zimmer war eine Welt in einer Welt. Eine Welt in ihm ging rundum, und eine Sonne ging in ihm auf, und ein Mond fiel. Callaghan war der Westwind, und Rhianon blies die kalten Schauer des Westwinds weg wie ein Wind von Tahiti.

Er ließ seine Hand auf seinem Kopf ruhen, Stein auf Stein. Nie war die Stimme Rhianons so fern gewesen wie bei ihren Worten, daß die saure Milch gut sei. Was war sie als eine Geliebte, die irr zu ihrem Geliebten sprach unter einem Sarg von Kleidern? Jemand in der Nacht hatte ihn umgestülpt und ausgeleert, alles ausgeleert, bis auf ein falsches Herz. Das unter dem Rippenpanzer gehörte nicht ihm, nicht ihm gehörte das Ticken einer Vene im Fuß. Seine Arme konnten nicht mehr ihre Bewegungen machen und konnten auch keinen Kreis um ein Mädchen schlagen, um sie vor Wind und Räubern zu schützen. Es gab nichts Ferneres unter der Sonne als seinen eigenen Namen, und Dichtung war eine Schnur von Worten, auf eine Bohnenstange gereiht. Mit den Lippen rundete er einen kleinen Tonball zu irgendeiner Form und sprach ein Wort.

Es gab kein Morgen für tote Männer. Er konnte nicht denken, daß nach der nächsten Nacht und ihrem Schlaf das Leben wieder aufsprießen würde wie eine Blume durch die Risse eines Sarges.

Sein Zimmer um ihn her war ein geräumiger Ort. Aus ihren Rahmen sahen die lügenhaften Ebenbilder von Frauen auf ihn nieder. Das da war das Gesicht seiner Mutter, dieses fast gelbe Oval, umrahmt von altem Gold und spärlich werdendem Haar. Und neben ihr die tote Mary. Wenn auch Callaghan noch so hart blies, die Mauern um Marys Tod würden niemals fallen. Er dachte an sie, wie sie gewesen war, erinnerte sich an ihren Peter, ihren süßen; an Peter und an ihre lächelnden Augen.

Er erinnerte sich, daß er seit jener Nacht vor sieben Jahren nicht mehr gelächelt hatte; seit jener Nacht, in der sein Herz so gewaltig in ihm gezittert hatte, daß er zu Boden gefallen war. Die Kraft war wiedergekommen im unglaublichen Sonnenuntergang. Über die Hügel und über das Dach gingen die breiten Monde, und der Sommer kam nach dem Frühling. Wie hatte er überhaupt gelebt, als Callaghan noch nicht mit einem großen Schrei die Waben der Welt wegblies, sondern Millicent ihren Zauber und ihre Liebe um ihn gebreitet hatte?

Aber die Toten brauchen keine Freunde. Er spähte über den umgedrehten Sargdeckel hinweg. Steif und starr stierte ihm ein Mann aus Wachs entgegen. Er nahm die Groschen von diesen toten Augen und schaute in sein eigenes Gesicht.

»Vermehrt euch, Pappe an Pappe«, hatte er geschrien, »bis ich eure gekleisterten Hütten mit einem einzigen Stoß aus meinen Lungen niederblase!« Als Mary gekommen war, war nichts von einem Tag zum andern gewesen als die Gottheit, die er rund um sie gebaut hatte. Sein Kind in ihrem Schoß hatte Mary getötet. Er spürte seinen Körper zu Dunst werden, und Männer, die leicht wie Luft gewesen waren, schritten mit metallenen Hufen durch ihn hindurch und weiter.

Er begann zu rufen: »Rhianon, Rhianon! Jemand war da und hat mich in die Seite getreten. Tropf, tropf, fließt mein Blut in mir! Rhianon«, so rief er.

Sie eilte die Treppe hinauf, und wieder und wieder wischte sie ihm mit dem Ärmel ihres Kleides die Tränen von den Wangen.

Er lag still, und der Morgen wurde reif und wuchs zu einem edlen Mittag heran. Rhianon ging ein und aus, und ihr Kleid – er roch es, als sie sich über ihn beugte – roch nach Klee und Milch. Mit neuem Staunen folgte er ihren kühlen Bewegungen rings durch das Zimmer, dem Schwung ihrer Hände, als sie die tote Mary in ihrem Rahmen abstaubte. Mit solchem Staunen, dachte er, folgen die Toten den Bewegungen der Lebenden und sehen das Blühen unter der lebendigen Haut. Sie müßte singen, wie sie da vom Kamin zum Fenster geht und alles zurechtrückt, oder sie müßte summen wie eine Biene an der Arbeit. Aber wenn sie gesprochen hätte, oder gelacht, oder mit dem Fingernagel ans dünne Metall der Kerzenleuchter angestoßen wäre und einen Glockenton daraus aufgeweckt hätte, oder wenn das Zimmer plötzlich voll von Vogellauten gewesen wäre, dann hätte er wieder geweint. Es behagte ihm, auf die unbewegten Wogen der Bettücher niederzusehen und sich als Insel zu fühlen, irgendwo in der

Südsee. Auf dieser Insel voll reicher und wundersamer Pflanzen hingen die Samen, die zu Früchten geworden waren, von den Bäumen und fielen, kleiner als Äpfel, in den pazifischen Winden zu Boden, um unten zu liegen und den Sommerschnecken Quartier zu gewähren.

Und in seinen Gedanken an die Insel irgendwo in den Höhlungen des Südens fiel ihm Wasser ein, und er sehnte sich nach Wasser. Rhianons Kleid umraschelte sie mit dem sanften Geräusch von Wasser. Er rief sie zu sich und berührte den Busen ihres Kleides und fühlte das Wasser auf seinen Händen. »Wasser«, sagte er zu ihr, und er sagte ihr, wie er als Junge auf den Felsen gelegen hatte und seine Finger kühle Figuren auf die Oberfläche der Tümpel gezeichnet hatten. Sie brachte ihm Wasser in einem Glas und hielt ihm das Glas in Augenhöhe hin, so daß er das Zimmer durch eine Wand von Wasser sehen konnte. Er trank nicht, und sie stellte das Glas neben ihn. Er stellte sich die Kühle unter dem Meer vor; jetzt, an einem Sommertag kurz nach Mittag, wünschte er wieder, daß sich das Wasser ganz um ihn schließen solle, daß er keine Insel mehr sein solle, die über das Wasser aufragt, sondern ein grüner Ort unter den Wellen, der eine blendende Höhle umstarrt. Er dachte an einige kühle Worte und machte eine Zeile über einen Olivenbaum, der unter einem See wuchs. Aber der Baum war ein Baum von Worten, und der See reimte auf ein anderes Wort.

»Setz dich und lies mir vor, Rhianon.«

»Wenn du gegessen hast«, sagte sie und brachte ihm Essen.

Er konnte nicht denken, daß sie in die Küche hinuntergegangen war und mit ihren eigenen Händen sein Essen zugerichtet hatte. Sie war gegangen und mit Speisung zurückgekehrt, so einfach wie eine Jungfrau aus dem Alten Testament. Ihr Name bedeutete nichts, er war ein kühler Klang. Sie hatte einen sonderbaren Namen aus der Bibel. So eine Frau hatte den Körper gewaschen, nachdem er vom Baum abgenommen war, mit kühlen, geschickten Fingern, die die Löcher der Wunden berührten wie zehn

Segnungen. Er konnte zu ihr schreien: »Leg ein süßes Kraut unter meinen Arm! Mit deinem Speichel mach du mich duftig!«

»Was soll ich dir vorlesen?« fragte sie, als sie endlich neben ihm saß. Er schüttelte den Kopf. Es war ihm gleich, was sie las, solange er sie nur sprechen hören und an nichts denken konnte als an den Tonfall ihrer Stimme.

»Oh, sachte mag ich legen mich, und sachte ruhn mein
   Haupt
Und sachte schlafen den Todesschlaf und sachte hören
   die Stimme
Von ihm, der in dem Garten geht zur Abendzeit.«

Sie las weiter, bis der Wurm auf dem Lilienblatt saß.

Der Tod lag wieder auf seinen Gliedern, und er schloß die Augen.

Es gab keine Erholung von den Schmerzen und auch nicht von den Figuren des Todes, die ihren vertrauten Geschäften nachgingen, sogar im Dunkel seiner schweren Augenlider.

»Soll ich dich wachküssen?« sagte Callaghan. Seine Hand lag kalt auf Peters Hand.

»Und alle Aussätzigen küßten sich«, sagte Peter, und dann wunderte er sich, was er damit gemeint hatte. Rhianon sah, daß er ihr nicht mehr zuhörte, und ging auf Zehenspitzen fort.

Callaghan war alleingeblieben, beugte sich über das Bett und legte seine weichen Fingerspitzen auf Peters Augen. »Nun ist es Nacht«, sagte er. »Wo sollen wir heute nacht hingehn?«

Peter öffnete die Augen wieder, sah die ausgebreiteten Finger und die Kerzen, die glühten wie die Köpfe von Mohnblumen. Eine Angst und ein Segen lagen über dem Zimmer.

Die Kerzen dürfen nicht ausgeblasen werden, dachte er. Licht muß sein, Licht, Licht, Licht. Docht und Wachs dürfen nie niederbrennen. Den ganzen Tag und die ganze Nacht lang müssen die drei Kerzen wie drei Mädchen an meinem Bett erröten. Diese drei Mädchen müssen mich schützen.

Die erste Flamme tanzte und ging aus. Über die zweite und dritte Flamme machte Callaghan seinen grauen Mund spitz. Das Zimmer war finster. »Wo sollen wir heut nacht hingehn?« sagte er, aber wartete auf keine Antwort, sondern zog die Decken vom Bett und hob Peter in seinen Armen hoch. Sein Mantel lag feucht und süßlich auf Peters Gesicht.

»Ach, Callaghan, Callaghan«, sagte Peter, den Mund ins schwarze Tuch gepreßt. Er spürte die Bewegungen von Callaghans Körper, die straffen Muskeln, und die Muskeln, die nachgaben; die Rundung der Schultern, den Aufschlag der Füße auf den rasenden Erdball. Ein Wind, der unter dem Ton und Lehm der Erde hervorkam, fegte zu seinem verborgenen Gesicht auf. Erst als die Zweige der Bäume über seinen Rücken kratzten, erkannte er, daß er nackt war. Um nicht laut aufzuschreien, preßte er seine Lippen fest über einer feuchten Hautfalte zusammen. Callaghan war auch nackt, nackt wie ein kleines Kind.

»Sind wir nackt? Wir haben unsere Knochen und unsere Organe, unsere Haut und unser Fleisch. Ein Band von Blut ist in dein Haar geflochten: fürchte dich nicht. Du hast ein Gewebe von Adern um deine Lenden.« Die Welt jagte an ihnen vorüber, der Wind flaute zu nichts ab und wehte die Früchte der Schlacht unter den Mond. Peter hörte die Lieder von Vögeln, aber es waren keine Lieder, wie er sie aus den Kehlen der Vögel auf dem Fenstersims seines Schlafzimmers gehört hatte. Die Vögel waren blind.

»Sind sie blind?« fragte Callaghan. »Sie haben Welten in ihren Augen. Es ist weiß und schwarz in ihrem Pfeifen. Fürchte dich nicht. Es sind helle Augen unter ihren Eierschalen.«

Plötzlich hielt er an, mit dem federleichten Peter in seinen Armen, und ließ ihn leise auf einen Ball aus grüner Erde nieder. Zu seinen Füßen lag ein Tal, das weit in die Ferne zog, mit seiner Last von lahmen Bäumen und Gras;

in die Ferne, wo der Mond an einer Nabelschnur von der Finsternis niederhing. Aus den Bäumen zu beiden Seiten kam das scharfe Knacken von Flinten, und die Fasane fielen wie ein Regen. Aber bald war die Nacht still und machte die Drücker der gefallenen Zweige weich, die unter Callaghans Füßen zerknackt waren.

Peter wußte, daß sein Herz krank war, führte eine Hand an seine Seite, aber spürte keine Spur von schützendem Fleisch. Die Spitzen seiner Finger umklirrten leise das strömende Blut, aber die Adern waren unsichtbar. Er war tot. Nun wußte er, daß er tot war. Der Geist Peters, unsichtbar um den Geist des Blutes geflochten, stand auf seinem Erdball und staunte die zerfressene Nacht an.

»Was ist das für ein Tal?« sagte Peters Stimme.

»Das Jarvistal«, sagte Callaghan. Auch Callaghan war tot. Kein Knochen und kein Haar erhob sich mehr unter dem gleichmäßig fallenden Frost.

»Das ist kein Jarvistal.«

»Das ist das nackte Tal.«

Der Mond, der die Kraft seiner Strahlen verdoppelte und abermals verdoppelte, erhellte die Rinden und Wurzeln und Äste der Jarvisbäume, die geschäftigen Läuse im Holz, die Formen der Steine und die schwarzen Ameisen, die unter ihnen dahinzogen; die Kiesel in den Bächen, das geheime Gras, die nimmermüden toten Würmer unter den Halmen. Aus ihren Löchern in den Flanken der Hügel kamen die Ratten und Wiesel, weißhaarig im Mondlicht, und vermehrten sich und kämpften miteinander, während sie abwärts eilten hinab, um ihre Zähne in die Kehlen der Rinder zu schlagen. Und kaum fielen die Rinder ausgesogen zu Boden und die Wiesel eilten davon, da kamen alle Fliegen vom Dünger der Felder aufgeflogen, kamen wie ein Nebel heran und ließen sich auf die Talhänge nieder. Da stieg vom geschundenen Tal der Geruch des Todes auf und blähte die bergigen Nüstern im Gesicht des Mondes.

Nun fielen die Schafe, und die Fliegen machten sich über sie her. Die Ratten und die Wiesel, die um ihr Fleisch kämpften, fielen eines nach dem andern verwundet nieder, und die Flöhe der Schafe stierten aus ihrem Haar. Für Peter war es nur eine kleine Weile, bis die Toten, abgenagt bis auf die symmetrischen Knochen, vom Wind unter die Erde gefegt wurden, der lauter und härter wehte als das Fallen der fetten Fliegen ins Gras. Nun lösten der Wurm und der Totenkäfer die Fasern der Knochen, arbeiteten an ihnen, hell und präzise, und die Kräuter aus den Augenhöhlen und die Blumen auf den verschwundenen Brüsten erblühten in den Farben des toten Lebens frisch auf ihren Blättern. Und das Blut, das geflossen war, floß über den Boden hin, stärkte die Grashalme und brachte in seinem Lauf in den Mund des Frühlings die windgepflanzten Samen zum Aufgehen. Plötzlich waren alle Bäche rot von Blut; zwanzig gewundene Adern, da und dort über allen zwanzig Feldern, stockten mit ihren geronnenen Kieseln.

Peter in seinem Geist schrie laut vor Freude. Es war Leben im nackten Tal, Leben in seiner eigenen Nacktheit. Er sah die Bäche und das schlagende Wasser, sah, wie die Blumen aus den Toten hervorschossen und die Halme und Wurzeln vom Strom des vergossenen Blutes in ihrer Kraft verdoppelt wurden.

Und die Bäche standen still. Staub der Toten wehte über den Frühling, und der Mund wurde erstickt. Staub lag über den Wassern wie dunkles Eis. Licht, das bewegt und alläugig gewesen war, gefror in den Mondstrahlen.

Leben in dieser Nacktheit, spottete Callaghan neben ihm, und Peter wußte, daß er mit dem Geist eines Fingers niederzeigte auf die toten Bäche. Aber während er sprach und während sich die Form, die Peters Herz in der Zeit des berührbaren Fleisches angenommen hatte, des Pochens eines Entsetzens bewußt war, brach ein Leben aus den Kieseln hervor, wie die tausend Leben, die in den Körper eines Knaben eingehüllt sind, aus dem Schoß. Die Bäche flossen wieder ihres Weges, und das Licht des Mondes schien in neuem Glanz auf das Tal und vergrößerte die Schatten des Tals und zog die Maulwürfe und Dachse aus ihrem Winter hervor in die todlose Mitternachtsjahrzeit der Welt.

»Das Licht kommt über den Hügel«, sagte Callaghan und hob den unsichtbaren Peter in seine Arme. Wirklich, die Morgendämmerung brach weit über der Jarviswildnis an, die immer noch nackt unter dem sinkenden Mond lag.

Als Callaghan die Hügelkämme entlang lief und in die Wälder hinein und über ein jubelndes Land hin, dessen Bäume mit ihm mitliefen, schrie Peter laut vor Freude.

Er hörte Callaghans Lachen wie das Prasseln eines Donners, das der Wind aufnimmt und verdoppelt; es war ein Schreien im Wind und eine Bewegung unter der Oberfläche der Erde. Einmal unter den Bäumen und das andere Mal auf den Wipfeln der wilden Bäume liefen Peter und sein Fremdling um die Wette gegen den Morgenhahn. Über und unter den fallenden Zäunen des Lichtes kletterten sie und schrien.

»Hör den Hahn!« rief Peter, und die Bettücher rollten herauf bis an sein Kinn.

Ein Mann mit einem Pinsel hatte unten im Osten eine rote Rippe gezeichnet. Der Geist eines Kreises, der den Kreis des Mondes umgab, wirbelte durch eine Wolke. Peter ließ seine Zunge über seine Lippen gleiten, die sich wundersam mit Fleisch und Haut bekleidet hatten. In seinem Mund war ein sonderbarer Geschmack, als ob er am Abend der vorigen Nacht, vor dreihundert Nächten, den Kopf einer Mohnblume ausgedrückt und getrunken und dann geschlafen hätte. In den Tiefen seines Gehirns war das alte Gerücht von Callaghan. Vom Morgengrau bis zum Abendgrau hatte er vom Tod geredet, hatte gesehen, wie die Kerze eine Motte einfing, hatte das Lachen, das nicht sein eigenes Lachen gewesen sein konnte, in seinen Ohren läuten gehört. Der Hahn krähte wiederum, und ein Vogel pfiff wie eine Sense durch den Weizen.

Rhianon trat mit lieblichem bloßem Hals ins Zimmer.

»Rhianon«, sagte er, »halt meine Hand, Rhianon.«

Sie hörte ihn nicht, sondern stand über seinem Bett und starrte ihn mit unzerbrechlicher Trauer an.

»Halt meine Hand«, sagte er. Und dann: »Warum ziehst du das Tuch über mein Gesicht?«

Die Feinde

Es war Morgen auf den grünen Flächen des Jarvistals, und Mr. Owen jätete das Unkraut von den Rändern seines Gartenweges. Ein großer Wind zerrte an seinem Bart, die Pflanzenwelt brauste unter seinen Füßen. Eine Krähe hatte sich am Himmel verloren und krächzte nach ihrem Männchen, aber das Männchen kam nicht wieder, und die Krähe flog mit einer Klage im Schnabel gen Westen. Mr. Owen, der sich aufgerichtet hatte, um seine Schultern auszuruhen und einen Blick auf den Himmel zu werfen, beobachtete, wie dunkel die Schwingen gegen die rote Sonne schlugen. In ihrer zugigen Küche grämte sich Mrs. Owen über der Suppe. Früher einmal hatte das Tal nur die Rinder beherbergt; die Farmburschen waren von den Hügeln herabgekommen, um die Rinder mit ihrem Hohageschrei zum Melken zu treiben; aber kein Fremder hatte das Tal betreten. Mr. Owen, der einsam durch das Land wanderte, hatte es am Ende eines späten Sommerabends zufällig entdeckt, als die Rinder schweigend dalagen und der Bach, der es teilte, über die Kiesel dahinschwatzte. Hier, dachte Mr. Owen, will ich ein Häuschen bauen, einstöckig, inmitten dieses Tals, eingerahmt von einem Garten. Und er merkte sich genau den Weg, den er längs der sich windenden Hügel gekommen war, und kehrte zurück zu seinem Dorf und zu Mrs. Owens Fragen. So kam es, daß in den grünen Feldern ein einstöckiges Haus gebaut wurde; ein Garten wurde gegraben und gepflanzt und ein niedriger Zaun rings um den Garten errichtet, um die Kühe vom Gemüse fernzuhalten.

Das war am Anfang des Jahres gewesen. Nun waren Sommer und Herbst darüber hingegangen; der Garten war aufgeblüht und abgestorben; auf dem Unkraut lag Rauhreif. Mr. Owen bückte sich wieder und säuberte den

Gartenweg, und der Wind neigte die Köpfe der nahen Gräser und machte aus jedem grünen Mund ein Orakel. Geduldig erdrosselte Mr. Owen das Unkraut, die Wurzeln kamen hoch und führten Krieg im umliegenden Erdreich; Insekten rührten sich in den Löchern, wo Unkraut gewuchert hatte, aber als sie zwischen seinen Fingern starben, hinterließen sie keine Flecken. Ihr Sterben machte ihn müde, das Fallen des Unkrauts machte ihn noch müder. Die Wurzeln kamen hoch, die billigen grünen Köpfe fielen nieder.

Mrs. Owen, die in die Tiefen ihres Kristalls blickte, hatte die Suppe weiterbrodeln lassen, ohne ihr zu Hilfe zu kommen. Die Kugel wurde dunkel, dann hell: in ihrem Inneren rührte sich ein Regenbogen. Der Kristall wurde wie eine Sonne, dann erkaltete er wieder wie ein Polarstern; so strahlte er in den Falten ihres Kleides, wo sie ihn liebevoll hielt. Die Teeblätter in ihrer Tasse hatten beim Frühstück einen dunklen Fremden angekündigt. Was würde der Kristall ihr sagen? Mrs. Owen war voller Erwartung.

Die Wurzeln kamen hoch, und ein gekrümmter Wurm, gestört vom tastenden Wühlen der Finger, wand sich blind in der Sonne. Auf einmal füllte das Tal all seine Mulden mit dem Wind, mit der Stimme der Wurzeln, mit dem Atem der unteren Himmelsschichten. Nicht nur eine Alraune schreit; alle ausgerissenen Wurzeln haben ihre Wehrufe; jedes Unkraut, das Mr. Owen aus dem Boden zog, schrie wie ein Baby. Im Dorf hinter dem Hügel brauste jetzt sicher der Wind und führte die Kleider auf den Leinen in den Gärten zu seltsamen Tänzen. Und Frauen, in deren Leibern es sich formte, würden jetzt, über ihre dampfigen Zuber gebeugt, ein neues Pochen fühlen. Das Leben würde weitergehen, in den Adern, in den Knochen und im Fleisch, das sie miteinander verbindet; das alles hatte seine eigenen Zeiten und sein wechselndes Wetter, geradeso wie das Tal, das das Haus rings mit dem Fleisch des grünen Grases umschloß.

Der Kristall ließ vor Mrs. Owen seine Toten aufstehen

wie ein offenes Grab. Sie starrte auf die Lippen von Frauen und die Haare von Männern, die sich auf dem Angesicht der Kristallwelt zu einem Muster verschlangen. Aber plötzlich wurden die Muster weggewischt, und sie konnte nichts sehen als die Formen der Jarvishügel. Ein Mann mit schwarzem Hut ging die Wege hinab in das unsichtbare Tal unten. Kam er noch näher, dann würde er in ihren Schoß fallen. »Dort auf den Hügeln geht ein Mann mit einem schwarzen Hut«, rief sie zum Fenster hinaus. Mr. Owen lächelte und jätete weiter.

Um diese Zeit verlor Ehrwürden Mr. Davies den Weg; er war fast den ganzen Vormittag daran gewesen, ihn zu verlieren; jetzt aber hatte er ihn endgültig verloren und stand beunruhigt unter einem Baum am Rand der Jarvishügel. Ein großer Wind stieß durch die Zweige, und eine große graugrüne Erde bewegte sich schwankend unter ihm. Wo immer er hinsah, stürmten die Hügel himmelan, und wo immer er sich vor dem Wind verstecken wollte, ängstigte ihn die Dunkelheit. Je weiter er ging, desto seltsamer wurde die Landschaft um ihn her; sie erhob sich zu ungeahnten Höhen und fiel dann wieder hinab in ein Tal, nicht größer als seine Handfläche. Und die Bäume schritten aus wie Menschen. Durch einen göttlichen Zufall erreichte er den Rand der Hügel gerade, als die Sonne die Mitte des Himmels erreichte. Er stand unter einem Baum und sah hinab in das Tal, und die weite Welt schaukelte von Horizont zu Horizont. In den Feldern stand ein kleines Haus mit einem Garten. Das Tal umbrauste es, der Wind sprang es an wie ein Boxer, aber das Haus stand still. Mr. Davies kam es vor, als wäre das Haus von einem großen Vogel aus einem Dorf herausgetragen und genau in die Mitte des ungestümen Alls gesetzt worden.

Aber beim Abwärtsklettern über die schroffen Grate und über den Hang verlor er seinen Platz in Mrs. Owens Kristallkugel. Eine Wolke wehte an die Stelle seines schwarzen Hutes, und unter der Wolke schritt ein sehr altes Gespenst dahin, eine Gestalt aus Luft, mit festgefrorenen Sternen im Bart und einem Sichelmond als Lächeln.

Mr. Davies, dem die Steine die Hände zerkratzten, wußte davon nichts. Er war alt, er war trunken vom Wein des Morgens, aber was da aus seinen Wunden hervorquoll, das war menschliches Blut.

Auch Mr. Owen, mit dem Gesicht am Boden und den Händen um den Hals des schreienden Unkrauts, wußte nichts von der Verwandlung im Kristall. Er hatte gehört, wie Mrs. Owen das Kommen des schwarzen Hutes prophezeit hatte, und er hatte gelächelt, wie er über ihren Glauben an die Mächte der Finsternis immer lächelte. Auf ihren Ruf hin hatte er aufgeblickt, und lächelnd hatte er sich wieder dem klareren Ruf des Bodens zugewandt. »Vermehret euch, vermehret euch«, hatte er zu den Würmern gesagt, die er beim Graben ihrer Kanäle gestört hatte, und er hatte die braunen Würmer in der Mitte durchgeschnitten, auf daß die Hälften sich vermehren und ihr Leben über den Garten ausbreiten und ihren Giftweg hinaus auf die Felder und in die Bäuche der Rinder nehmen sollten.

Davon aber wußte Mr. Davies nichts. Er sah einen bärtigen jungen Mann fleißig über die Gartenerde gebeugt; er sah, daß das Haus mit dem ans Fenster gepreßten Gesicht einer blassen jungen Frau hübsch aussah. Also nahm er seinen schwarzen Hut ab und stellte sich als der Pfarrer eines etwa zehn Meilen entfernten Dorfes vor.

»Sie bluten«, sagte Mrs. Owen.

Mr. Davies' Hände waren wirklich blutbedeckt.

Als Mrs. Owen sich um die Wunden des Pfarrers gekümmert hatte, setzte sie ihn in den Lehnstuhl beim Fenster und machte ihm eine Tasse starken Tee.

»Ich habe Sie auf dem Hügel gesehen«, sagte sie, und er fragte sie, wieso sie ihn gesehen habe, denn die Hügel waren hoch und weit entfernt.

»Ich habe gute Augen«, sagte sie.

Er zweifelte nicht daran. Ihre Augen waren die seltsamsten, die er je gesehen hatte.

»Es ist ruhig hier«, sagte Mr. Davies.

»Wir haben keine Uhr«, sagte sie und deckte den Tisch für drei.

»Sie sind sehr freundlich.«

»Wir sind freundlich zu denen, die zu uns kommen.«

Er fragte sich, wie viele zu dem einsamen Haus in dem Tal kamen, aber er stellte ihr keine Fragen, aus Angst vor dem, was sie antworten würde. Er vermutete, daß diese Frau nicht ganz geheuer sei und daß sie das Dunkel liebte, weil es dunkel war. Er war zu alt, um nach den Geheimnissen der Dunkelheit zu fragen, und jetzt, in seinem zerrissenen und nassen schwarzen Anzug, die Hände gebunden mit den Verbänden dieser fremden Frau, jetzt fühlte er sich älter denn je. Die Winde des Vormittags hätten ihn zu Boden wehen können, und der plötzliche Einbruch der Dunkelheit hätte ihn geblendet. Der Regen hätte durch ihn hindurchgehen können, so wie er durch den Körper eines Geistes hindurchgeht. Ein müder, weißhaariger, alter Mann, saß er unter dem Fenster, fast unsichtbar gegen die Fensterscheiben und das weiße Tuch des Lehnstuhls. Bald war das Essen fertig, und Mr. Owen kam ungewaschen aus dem Garten.

»Soll ich das Tischgebet sprechen?« fragte Mr. Davies, als alle drei um den Tisch saßen.

Mrs. Owen nickte.

»O Herrgott, allmächtiger, segne diese unsere Speise«, sagte Mr. Davies. Im Weiterbeten blickte er auf und sah, daß Mr. und Mrs. Owen die Augen geschlossen hatten. »Wir danken Dir für den Überfluß, den Du uns beschert hast.« Und er sah, daß die Lippen von Mr. und Mrs. Owen sich leise bewegten. Er konnte nicht hören, was sie sagten, aber er wußte, daß die Gebete, die sie sprachen, nicht seine Gebete waren.

»Amen«, sagten alle drei zusammen.

Mr. Owen, voller Stolz bei seinem Essen, beugte sich über den Teller, wie er sich über das wehklagende Unkraut gebeugt hatte. Draußen vor dem Fenster war der braune Leib der Erde, war die grüne Haut des Grases und waren die Brüste der Jarvishügel; ein Wind war dort, von dem das Tier Erde fröstelte; und eine Sonne, die den Feldern den Tau weggetrunken hatte, schwitzte Schöpfung aus den Poren der Bäume, und die Sandkörner an weitentfernten Küsten, über die das Meer hinrollte, würden sich vermehren. Er spürte die rauhe Nahrung auf seiner Zunge; es war ein Sinn in der Schwarte des Fleisches und ein Zweck im An-den-Mund-Heben der Nahrung. Mit plötzlicher Genugtuung sah er, daß Mrs. Owens Kehle bloß war.

Auch sie war über ihren Teller gebeugt, aber sie ließ die Zähne ihrer Gabel an seinen Rändern knabbern. Sie aß nicht, denn die alten Mächte waren über sie gekommen, und sie wagte nicht den Kopf zu heben, weil ihre Augen so grün waren. Sie erkannte am Ton, aus welcher Richtung im Tal der Wind blies; sie erkannte den Stand der Sonne an der Kurve der Schatten auf dem Tischtuch. Wie gerne hätte sie jetzt ihren Kristall genommen, um in ihm die Streifen der Dunkelheit zu sehen, die dieses Winterlicht zudeckten. Aber in ihren Gedanken sammelte sich eine Dunkelheit, die sog alles Licht ihrer Umgebung ein. Zu ihrer Linken war ein Geist; mit all ihrer Kraft sog sie das körperlose Licht ein, das sich um ihn bewegte, und vermischte es mit ihrem dunklen Gehirn.

Mr. Davies fühlte sich wie ein Mann, der von einem Vogel ausgesogen wird, Verödung in seinen Adern, und erzählte in einem süßen Delirium von seinen Abenteuern auf den Hügeln: wie es kalt gewesen sei und windig, und wie die Hügel auf und nieder gingen. Er hatte sich verirrt, sagte er, und hatte einen dunklen Zufluchtsort gefunden, der Schutz bot vor den Unholden des Windes; aber die Dunkelheit hatte ihn geängstigt, und er war wieder über die Hügel gewandert, wo ihn der Vormittag umherwarf wie ein Schiff auf dem Meer. Wohin er auch ging, war er im Freien verweht oder in den engen Schatten geängstigt worden. Es gab keinen Ort, sagte er mitleidig, wo ein alter Mann hingehen konnte. Er liebte seinen Pfarrhof, und so hatte er auch das Land ringsum geliebt, aber die Hügel hatten unter seinen Füßen nachgegeben oder ihn in die Luft gestoßen. Und er liebte seinen Gott, und so hatte er auch die Dunkelheit geliebt, wo die Menschen von altersher das dunkle Unsichtbare angebetet hatten. Aber nun waren die Hügelhöhlen voller Gestalten und Stimmen, die ihn verspotteten, weil er alt war.

»Er hat Angst vor der Dunkelheit«, dachte Mrs. Owen, »vor der wunderschönen Dunkelheit.« Mit einem Lächeln dachte Mr. Owen: »Er hat Angst vor den Würmern in der Erde, vor der Paarung im Baum, vor dem lebenden Fett im Boden.« Sie blickten auf den alten Mann und sahen, daß er geisterhafter war denn je. Das Fenster hinter ihm warf einen zottigen Lichtkreis um seinen Kopf.

Plötzlich kniete Mr. Davies nieder, um zu beten. Er verstand nicht die Kälte in seinem Herzen, noch die Furcht, die ihn im Knien bestürzte, aber während er seine Gebete um Erlösung sprach, starrte er hinauf zu den umschatteten Augen Mrs. Owens und den lächelnden Augen ihres Mannes. Hingekniet auf den Teppich zu Häupten des Tisches, starrte er bestürzt auf den dunklen Geist und den groben, dunklen Körper. Er starrte und betete wie ein alter, von seinen Feinden bedrängter Gott.

Der Baum

Aus dem Haus, das weit hinübersah zu den Jarvishügeln, stieg ein Turm auf, daß die Tagvögel ihre Nester drin bauten und die Eulen ihn nachts umfliegen konnten. Vom Dorf aus leuchtete das Licht im Turmfenster wie ein Glühwürmchen durch die Scheiben. Aber erleuchtet war das Zimmer unter den Sperlingsnestern nur selten. Spinnetze waren über seine ungewaschene Decke gewebt; es starrte, hügelauf, hügelab, über zwanzig Meilen Landes hinaus, und die Winkel mit ihren Krallenspuren im Staub behielten ihre Geheimnisse für sich.

Das Kind kannte das Haus vom Dachfirst bis zum Keller. Es kannte die unregelmäßigen Rasenflächen und den Verschlag des Gärtners, wo Blumen aus ihren Töpfen hervorwucherten. Aber, soviel es auch nach Jungenart herumstöberte, den Schlüssel, der die Tür zum Turm öffnete, konnte es nicht finden.

Mit seinen Launen wechselte das Haus, und ein Rasen war das Meer oder die Küste oder der Himmel oder was immer das Kind wollte. Wenn der Rasen eine traurige Meile Meerwassers war und das Kind als Reiter auf einer abgebrochenen Blume über die Wogen dahinfuhr, dann kam vielleicht der Gärtner aus seinem Verschlag bei der Gebüschinsel. Auch der Gärtner nahm dann einen Blumenstengel und schiffte sich ein. Oder er nahm einen Gartenbesen und flog, wohin das Kind nur wollte. Er kannte jede Geschichte seit Anfang der Welt.

»Am Anfang«, sagte er, »war ein Baum.«

»Was für ein Baum?«

»Der Baum, wo die Amsel drin pfeift.«

»Ein Falke, ein Falke!« rief das Kind.

Dann blickte der Gärtner an dem Baum hoch und sah

einen riesigen Falken auf einem Ast hocken, oder auch einen Adler, der sich im Wind wiegte.

Der Gärtner liebte die Bibel. Wenn die Sonne sank und der Garten voller Leute war, saß er bei einer Kerze in seinem Verschlag und las von der ersten Liebe und die Legende von Äpfeln und Schlangen. Aber am liebsten hatte er den Tod Christi an einem Baum. Bäume waren ein Zaun um ihn, und er erkannte den Wechsel der Jahreszeiten an den Schattierungen ihrer Rinde und am Drängen des Saftes durch die verborgenen Wurzeln. Seine Welt bewegte und verwandelte sich, so wie der Frühling sich durch die Äste bewegte und ihre Nacktheit verwandelte; sein Gott wuchs wie ein Baum aus der apfelförmigen Erde auf. Er gab seinen Kindern Blüte und ließ zu, daß die Stürme des Winters seine Kinder abrissen und wegbliesen. Winter und Tod wehten in einem Wind. Der Gärtner saß in seinem Verschlag und las von der Kreuzigung und sah über die Tiegel auf seinem Fenster in die Winternächte hinaus. Ihm fiel ein, daß in solchen Nächten die Liebe versagt und daß viele ihrer Kinder abgeschnitten werden.

Das Kind verwandelte mit seinen Spielen die zerzausten Rasen. Der Gärtner rief es beim Namen seiner Mutter, ließ es auf seinem Knie reiten und sprach zu ihm von den Wundern Jerusalems und von der Geburt in der Krippe.

»Am Anfang war das Dorf Bethlehem«, flüsterte er dem Kind zu, ehe aus der dichten Dunkelheit die Glocke zum Tee läutete.

»Wo ist Bethlehem?«

»Weit weg«, sagte der Gärtner, »im Osten.«

Im Osten standen die Jarvishügel; die versteckten die Sonne, und ihre Bäume zogen aus dem Gras den Mond hoch.

Das Kind lag im Bett. Es beobachtete das Schaukelpferd und wünschte ihm Flügel an den Leib, so daß es aufsitzen und hoch zu Roß in den Himmel von Arabien reiten könne. Aber die Winde von Wales bliesen in die Vorhänge, und unten, auf dem unordentlichen Beet unter dem Fenster, lärmten die Grillen. Seine Spielsachen waren tot. Es begann zu weinen und hörte wieder auf, denn es fiel ihm kein Grund zum Weinen ein. Die Nacht war windig und kalt, ihm war warm unter den Bettüchern; die Nacht war groß wie ein Berg, das Kind war ein Junge im Bett.

Das Kind machte die Augen zu und starrte in eine wirbelnde Höhle, tiefer als die Finsternis im Garten, wo der erste Baum stand, auf den sich die unwirklichen Vögel gesetzt hatten. Allein und hell wie Feuer stand er da. Die Tränen liefen dem Kind zurück unter die Augenlider, als es an den ersten Baum dachte, der so nahe bei ihm gepflanzt war wie ein Freund im Garten. Es kroch aus dem Bett und ging auf Zehenspitzen zur Tür. Das Schaukelpferd auf seinen Federn machte einen Satz vorwärts und schlug das Kind in geräuschlose Flucht ins Bett zurück. Das Kind sah das Pferd an, und das Pferd war still. Wieder auf den Zehenspitzen den Teppich entlang, und es erreichte die Tür und drehte die Türklinke und lief auf den Gang hinaus. Blindlings vor sich hintastend, fand es den Weg zum oberen Ende der Treppe. Es schaute die dunklen Treppen hinab in die Halle, sah ein Heer von Schatten in und aus den Winkeln wanken, hörte jede Windung und Wendung ihrer Stimmen und stellte sich ihre Augenhöhlen und ihre abgezehrten Arme vor. Nur klein würden sie sein und verstohlen und blutlos, nicht mit unsichtbaren Panzern gerüstet, sondern nur von spinnfadenscheinigen Gewändern umhüllt. Sie wisperten, als es vorüberging, sie berührten es an der Schulter, und sie sagten ihm »Sst!« ins Ohr.

Das Kind ging die Treppe hinunter, und nicht ein einziger Schatten bewegte sich in der Halle; die Ecken und Winkel waren leer. Das Kind streckte den Arm aus, patschte mit der flachen Hand ins Dunkel und erwartete zu spüren, wie ihm ein dürrer, samtiger Kopf unter die Finger kriechen und sich wie Nebel in seine Nägel hineinschieben würde. Doch nichts. Es öffnete die Haustür, und die Schatten stoben in den Garten hinaus.

Einmal auf dem Gartenweg, war seine Angst verflogen.

Der Mond hatte sich auf die ungejäteten Beete gelegt, und seine Fröste waren auf dem Rasen ausgebreitet. Schließlich kam es zum erleuchteten Baum am Ende des langen Kiesweges, zum Baum, der älter war als sogar das Wunder des Lichtes, und die Baumwanzen schliefen unter der Rinde, und die Zweige standen ihm vom Leib ab wie die erfrorenen Arme einer Frau. Das Kind berührte den Baum, er bog sich wie unter seiner Berührung. Es sah einen Stern, heller als alle anderen am Himmel, stetig über dem Turm der ersten Vögel brennen und auf nichts niederscheinen als einzig auf die blätterlosen Äste und den Stamm und die dahinziehenden Wurzeln.

Das Kind hatte an dem Baum nie gezweifelt. Zu ihm betete es nun, hingekniet auf geschwärztes Zweigicht, das der Nachtwind zu Boden geworfen hatte. Dann lief es, zitternd vor Liebe und Kälte, über den Rasen zurück, dem Haus zu.

Weiter im Osten war ein Idiot im Land, der ging herum wie ein Bettler. Er bettelte um sein Brot, da auf einem Bauernhof und dort vor dem Hüttentor einer Witwe. Ein Pastor hatte ihm einen Anzug gegeben. Der klatschte um seine hungrigen Rippen und Schultern und wehte im Wind, wenn er über die Felder stolperte. Aber seine Augen waren so groß und sein Hals so rein vom Schmutz des Landes, daß keiner ihm seine Bitte abschlug. Und wenn er um Wasser bat, gab man ihm Milch.

»Woher kommst du?«

»Vom Osten«, sagte er.

Da wußten sie, daß er ein Idiot war, und sie gaben ihm Essen, und dafür machte er ihnen die Höfe rein.

Als er mit einem Rechen über Dünger und zertretene Körner gebeugt stand, hörte er in seinem Herzen eine Stimme aufsteigen. Er langte in die Futterraufe der Kühe, fing im Heu eine Maus, rieb seine Hand an ihrer Schnauze und ließ sie wieder laufen.

Den ganzen Tag lang dachte das Kind an den Baum, und die ganze Nacht lang stand er in seinen Träumen wie der Stern über seinem Bett. Eines Morgens, gegen Mitte Dezember, als der Wind von den fernsten Hügeln ums Haus rannte und der Schnee aus den finsteren Stunden noch nicht von den Rasen und Dächern weggeschmolzen war, lief es zum Verschlag des Gärtners. Der Gärtner wollte einen zerbrochenen Rechen flicken, den er gefunden hatte. Wortlos saß das Kind ihm zu Füßen auf einer Samenkiste, sah ihm zu, wie er die Zähne des Rechens umwand, und wußte, daß der Draht sie nicht zusammenhalten würde. Es sah des Gärtners Stiefel, naß vom Schnee, die Flicken an den Knien seiner Hosen, die nicht zugeknöpften Knöpfe der Jacke und die Bauchfalten unter dem geflickten Flanellhemd. Es sah wieder die Hände an, und die machten sich mit den goldenen Drahtknoten zu schaffen. Harte braune Hände waren es, mit Erdflecken unter den zerbrochenen Nägeln und Tabakflecken vorne auf den Fingerspitzen. Nun waren die Linien im Gesicht des Gärtners fest und entschlossen, ein Mal um das andere versuchte er die eisernen Zähne zu umknoten, spürte aber nur, wie sie bei jedem Schütteln wieder unsicher am Stiel schlenkerten. Das Kind fürchtete sich vor der Stärke und vor der Unsauberkeit des alten Mannes. Aber als es den langen, dichten Bart sah, der fleckenlos und weiß wie ein Vlies war, fühlte es sich wieder sicher. Der Bart war der Bart eines Apostels.

»Ich habe zu dem Baum gebetet«, sagte das Kind.

»Du mußt immer zu einem Baum beten«, sagte der Gärtner und dachte an den Kalvarienberg und an den Garten Eden.

»Ich bete jeden Abend zu dem Baum.«

»Nur zu einem Baum sollst du beten!«

Der Draht glitt über die Zäune.

»Ich bete zu dem Baum dort.«

Der Draht riß.

Das Kind zeigte über die Glashausblumen hin auf den Baum, den einzigen unter allen Bäumen, auf dem keine Spur von Schnee lag.

»Ein Holunderbaum«, sagte der Gärtner; aber das Kind stand von seiner Kiste auf und schrie so laut, daß der nicht wieder geflickte Rechen klappernd zu Boden fiel.

»Der erste Baum! Der erste Baum, von dem du mir selbst erzählt hast! Im Anfang war der Baum, hast du gesagt. Ich hab es genau gehört«, schrie das Kind.

»Der Holunderbaum ist so gut wie ein anderer Baum«, sagte der Gärtner und senkte die Stimme, um das Kind zu beruhigen.

»Der allererste von allen Bäumen«, sagte das Kind leise. Wieder sicher geworden durch die Stimme des Gärtners, lächelte es durch das Fenster dem Baum zu, und abermals kroch der Draht über den zerbrochenen Rechen.

»Gott wächst in seltsamen Bäumen«, sagte der alte Mann, »und seine Bäume finden ihre Ruhe an seltsamen Orten.«

Als er die Geschichte von den zwölf Stationen des Kreuzes entfaltete, winkte der Baum dem Kind mit seinen Zweigen. Eines Apostels Stimme stieg aus den verharzten Lungen.

So zogen sie ihn hinauf an einem Baum und trieben Nägel durch seinen Bauch und durch seine Füße.

Da klebte das Blut der Mittagssonne am Stamm des Holunderbaumes und machte Flecken auf seine Rinde.

Der Idiot stand auf den Jarvishügeln und sah ins unbefleckte Tal hinab, aus dessen Wassern und Gräsern die Morgennebel aufstiegen und sich verloren. Er sah den Tau verrauchen, er sah die Rinder in den Bach starren und die dunklen Wolken beim ersten Gerücht von der Sonne fortfliegen. Die Sonne drehte sich an den Rändern des dünnen, wässerigen Himmels wie Zuckerwerk in einem Glas Wasser. Er war hungrig nach Licht, als ihm der erste, fast unsichtbare Regen auf die Lippen fiel; er pflückte Grashalme, kostete davon und spürte, wie ihm das Grasgrün auf der Zunge lag. So war Licht in seinem Mund, und Licht war ein Ton in seinen Ohren, und das ganze Reich des Lichtes war in dem Tal, das so einen sonderbaren Namen hatte. Von den Jarvishügeln hatte er schon gewußt; ihre Umrisse erhoben sich über die Hänge des Landes, so daß man sie meilenweit sehen konnte, aber von dem Tal unterhalb der Hügel hatte ihm niemand etwas gesagt. »Bethlehem«, sagte der Idiot zu dem Tal und drehte den Klang des Wortes im Mund um und um und gab ihm allen Glanz eines walisischen Morgens. Er war Bruder der Welt um ihn her, er nippte von der Luft, wie ein neugeborenes Kind vom Licht nippt und sein Bruder ist. Das Leben des Jarvistales, das aus dem Leib des Grases und der Bäume und aus der langen Hand des Baches aufdampfte, lieh ihm neues Blut. Die Nacht hatte des Idioten Adern ausgeleert, aber der Morgen im Tal füllte sie wieder.

»Bethlehem«, sagte der Idiot zum Tal.

Der Gärtner hatte kein Geschenk, das er dem Kind geben konnte. So nahm er einen Schlüssel aus der Tasche und sagte: »Das ist der Schlüssel zum Turm. Am Weihnachtsabend will ich dir die Tür aufsperren.«

Bevor es dunkel wurde, kletterte er mit dem Kind die Treppen zum Turm hinauf; der Schlüssel drehte sich im Schloß, und die Tür, wie der Deckel einer Geheimkassette, öffnete sich und ließ sie ein. Das Zimmer war leer. »Wo sind die Geheimnisse?« fragte das Kind und starrte auf die staubbedeckten Balken und in die Spinnenwinkel hinein und an den bleigefaßten Fensterscheiben entlang.

»Es ist genug, daß ich dir den Schlüssel gegeben habe«, sagte der Gärtner, der glaubte, in seiner Tasche bei den Vogelfedern und bei den Blumensamen sei der Schlüssel zum Weltall versteckt.

Das Kind begann zu weinen, weil keine Geheimnisse da waren. Wieder und wieder durchforschte es das leere Zimmer, wirbelte den Staub hoch, um nach einer farblosen Falltüre auszuspähen, klopfte die ungetäfelten Wände ab und wartete auf die hohle Stimme eines Zimmers jenseits des Turmes. Es wischte die Spinnweben vom Fenster und sah durch den Staub hinaus in den schneienden Weihnachtsabend. Eine Welt von Hügeln dehnte sich weit in den abgemessenen Himmel, und die Gipfel von Bergen, die es nie gesehen hatte, kletterten hoch, um den fallenden Flocken entgegenzukommen. Wald und Felsen, weite Meere von Ödland lagen vor ihm, und eine neue Sintflut von Berghimmel, die durch die schwarzen Buchen schwemmte. Im Osten aber waren die Umrisse der namenlosen Hügelgeschöpfe und ein Nest von Bäumen.

»Wer sind die? Wer sind die?«

»Das sind die Jarvishügel«, sagte der Gärtner, »die von Anfang an da waren.«

Er nahm das Kind bei der Hand und führte es fort vom Fenster. Der Schlüssel drehte sich im Schloß.

In dieser Nacht schlief das Kind gut. Es war eine Macht im Schnee und in der Dunkelheit, es war eine unwandelbare Musik in der Stille der Sterne, es war eine Stille im hastenden Wind. Und Bethlehem war näher gewesen, als das Kind erwartet hatte.

Am Weihnachtsmorgen kam der Idiot in den Garten. Sein Haar war naß, und seine abgeschabten, zerfetzten Schuhe waren schwer vom Kot der Felder. Müde von der langen Reise von den Jarvishügeln und schwach vor Hunger, setzte er sich unter den Holunderbaum, wo der Gärtner ein Julscheit gerollt hatte. Er faltete die Hände und sah die Verheerung in den Blumenbeeten und das Unkraut, das am Rande der Wege wuchs und wuchs. Der Turm hob sich wie ein Baum aus Stein und Glas über die roten Dachtraufen. Als ein frischer Wind aufsprang und den Baum erfaßte, schlug er den Kragen hoch um den Hals; er blickte auf seine Hände nieder und sah, daß sie beteten. Dann überfiel ihn die Angst vor dem Garten; die Büsche waren seine Feinde, und die Bäume, die eine Allee hinunter zum Tor bildeten, hoben voll Entsetzen ihre Arme. Zu hoch war dieser Ort, er spähte hinunter auf die hohen Hügel. Zu niedrig war dieser Ort, er zitterte hinauf zu den gefiederten Schultern eines neuen Berges. Der Wind war hier zu wild, er schäumte umher in der Stille, er erhob eine alte Psalmenstimme aus den Holunderzweigen. Das Schweigen schlug hier wie ein Menschenherz. Und als er dasaß unter den grausamen Hügeln, hörte er eine Stimme, die in ihm war, aufschreien: »Warum hast du mich hierhergebracht?«

Er konnte nicht sagen, warum er gekommen war; sie hatten ihm gesagt, er solle kommen, und sie hatten ihn geführt, aber er wußte nicht, wer sie waren. Die Stimme eines Volkes stieg auf aus den Gartenbeeten, und der Regen stieß nieder vom Himmel.

»Laß mich sein«, sagte der Idiot und machte eine kleine Geste gegen den Himmel, »es ist Regen auf meinem Gesicht und Wind auf meinen Wangen.« Er war der Bruder des Regens.

So fand ihn das Kind im Schutze des Baumes, wie er die Folter des Wetters mit göttlicher Geduld ertrug und sein langes Haar fliegen ließ, wohin es wollte. Um seinen Mund lag ein trauriges Lächeln.

Wer war dieser Fremde? Er hatte Feuerbrände in den Augen, das Fleisch seines Halses unter dem hochgeschlagenen Rock war nackt. Und doch saß er mit einem Lächeln da, in seinen Lumpen, unter einem Baum am Weihnachtstag.

»Woher kommst du?« fragte das Kind.

»Vom Osten«, antwortete der Idiot.

Der Gärtner hatte nicht gelogen, und das Geheimnis des Turmes war wahr: dieser dunkle, schäbige Baum, der nur nachts funkelte, war der erste von allen Bäumen.

Aber es fragte noch einmal.

»Woher kommst du?«

»Von den Jarvishügeln.«

»Stell dich an den Baum!«

Der Idiot lächelte immer noch und stand auf, den Rükken gegen den Holunderbaum.

»Mach mit deinen Armen so!«

Der Idiot breitete seine Arme aus.

Das Kind rannte, so schnell es konnte, in den Verschlag des Gärtners, und als es wiederkam, quer über den regendurchtränkten Rasen, sah es, daß der Idiot sich nicht bewegt hatte, sondern dastand, aufrecht und lächelnd, mit dem Rücken gegen den Baum und mit ausgebreiteten Armen.

»Laß mich deine Hände anbinden!«

Der Idiot spürte den Draht, der den Rechen nicht geflickt hatte, eng um seine Handgelenke. Er schnitt ins Fleisch, und das Blut aus den Wunden fiel leuchtend auf den Baum.

»Bruder«, sagte er. Er sah, das Kind hielt silberne Nägel in seiner flachen Hand.

Die Landkarte der Liebe

»Hier«, sagte Sam Rippe, »hausen die Tiere mit zwei Rükken.« Er zeigte auf seine Landkarte der Liebe, ein Viereck von Meeren und Inseln und seltsamen Erdteilen, mit einem Wald der Finsternis an jedem Rand. Die Insel mit zwei Rücken auf der Linie des Äquators wich vor seiner Berührung zurück wie die Haut eines Aussätzigen, und das Blutmeer rundum fand in seinen Gewässern neue Bewegung. Hier brach sich am äußersten Rande der brandenden Flut der Samen an den kochenden Küsten, die Sandkörner vermehrten sich, die Jahreszeiten vergingen; der Sommer ging in väterlicher Hitze zum Herbst und zu den ersten stichelnden Schärfen des Winters hinab und ließ die Insel aus ihren Höhlungen die vier Winde formen.

»Hier«, sagte Sam Rippe und grub seine Finger in die Hügel einer kleinen Insel ein, »wohnen die ersten Tiere der Liebe.« Und hier, das wußte er, vermischte sich die Ausgeburt der ersten Liebe mit allerlei Gras, das ihr grünes Aufkeimen ölte und mit seinem eigenen Wind und Saft das erste Röcheln der Liebe näherte, das nie die Antwort seiner Nerven in den Gefährtenhalmen fand, ehe der Frühling kam.

Beth Rippe und Reuben merkten sich das grüne Meer rund um die Inseln. Es lief durch die Landrisse wie ein Junge durch seine ersten Höhlen. Unter dem Meer merkten sie die in Skelettfarbe gemalten Kanäle, die die Insel der ersten Tiere mit den Sumpfgegenden verbanden. Aus Scham vor den halbflüssigen Pflanzen, die aus dem Sumpf aufwucherten, vor den federgezeichneten Giften, von denen es im Gras wimmelte, und vor der Paarung im zweiten Schlamm erröteten die Kinder.

»Hier«, sagte Sam Rippe, »ziehen zwei Wetter.« Er zog mit dem Finger die leichteingezeichneten Dreiecke von

zwei Winden nach und die Münder von zwei in die Ecke
gedrängten Blasengeln. Die Wetter bewegten sich nach einer Richtung. Einzeln krochen sie über die Abscheulich-
keit des Sumpfes hin, zufrieden im Schatten ihrer eigenen
Regen oder Schneegestöber, im Lärm ihrer eigenen Seuf-
zer, in den Freuden ihrer eigenen grünenden Schmerzen.
Die Wetter zogen wie ein Mädchen und ein Junge durch
die wogende Welt, durch den Meersturm, der unter ihnen
zog und dessen Wolken sich in viele Wutausbrüche von
Bewegung teilten, als sie die ungefügte Wand von Wind
anstarrten.

»Kehret zurück, synthetische Verlorene Söhne und
Töchter, zu eures Vaters Laboratorium und zu dem gemä-
steten Kalb im Probierglas!« deklamierte Sam Rippe. Er
deutete die Ortsveränderung an, die Federstriche der beiden verschiedenen Wetter, die über die tiefe See zogen,
und das zweite Auseinanderklaffen der Welten der Liebenden. Die Blasengel bliesen stärker, der Wind der beiden wendischen Wetter und die Schaumspritzer des einen
einzigen Meeres wehten und trieben weiter und immer
weiter; auf dem einzigen Strand der beiden gepaarten
Länder standen die Wetter still. Sie vermischten sich untereinander als zwei nackte Türme über den zwei in zwei
Körnern aus einer Million Sandkörner zusammengewach-
senen Liebesleuten zu einer einzigen Kraft. Das sagten die
Landkartenpfeile. Aber die Pfeile der Tinte schossen sie
zurück. Zwei geschwächte Türme, naß von Liebe, zitterten sie über den Schreck ihrer ersten Vermischung, und
zwei blasse Schatten wehten über das Land.

Beth Rippe und Reuben erkletterten den Hügel, der ein
Auge aus Stein auf das gestreifte Tal warf. Hand in Hand
liefen sie den Hügel hinab, sie sangen im Gehen und nahmen ihre Gamaschen ab, als sie das nasse Gras des ersten
der zwanzig Felder erreichten. Es war ein Geist in dem
Tal, der weiterrollen würde, wenn all die Hügel und
Bäume, Felsen und Bäche unter dem Westtod begraben
sein würden.

Hier war das erste Feld, in dem der tolle Jarvis vor hundert Jahren seinen Samen in den Bauch eines kahlköpfigen Mädchens gesät hatte, die zu Fuß aus einem fernen Land gekommen war und mit ihm in den Wehen der Liebe gelegen hatte.

Hier war das vierte Feld, ein Ort des Staunens, wo selbst die Toten ganz benebelt mit trunkenen Beinen aus ihren trockenen Gräbern aufwirbeln konnten oder wo die gefallenen Engel auf den Wassern der Ströme miteinander kämpften.

Tiefer in den Boden des Tales eingepflanzt als die blinden Wurzeln ihren Gefährten nachwühlen konnten, erhob sich aus Finsternis der Geist des vierten Feldes und zog das Tiefe und das Finstere aus den Herzen aller, deren Füße den Boden des Tales betraten, zwanzig Meilen weit und noch weiter von den Grenzen des gebirgigen Landes.

Im zehnten und mittleren Feld klopften Beth Rippe und Reuben an die Türen der ebenerdigen Häuser und fragten nach der Lage der ersten Insel, die von liebenden Hügeln umgeben sei. Sie klopften an die Hintertüre und empfingen eine gespenstige Mahnpredigt.

Barfuß und Hand in Hand liefen sie durch die zehn übrigen Felder, bis an den Rand des Idriswassers, wo der Wind nach Seetang roch und der Geist des Tales immer voll Meerregen war. Aber die Nacht kam herab, die Hand auf die Hüfte gestemmt, und Gestalten in den weiter entfernten Lüften des nunmehr nebligen Flusses zeichneten eine neue Gestalt ganz in ihre Nähe. Eine Inselgestalt, ummauert von Finsternis, eine halbe Meile flußauf. Sie sahen die Gestalt wachsen, ließen ihre Hände, die sich mit den Fingern ineinander verklammert hatten, los, zogen ihre Sommerkleider aus und liefen nackt in den Fluß hinein.

»Flußauf, flußauf«, flüsterte sie.

»Flußauf«, sagte er.

Sie trieben flußauf, und eine Strömung zerrte an ihren Beinen, aber sie kämpften gegen die Strömung an und schwammen auf die immer noch wachsende Insel zu. Dann stieg Schlamm vom Flußbett auf und sog an Beths Füßen.

»Flußab, flußab«, rief sie und kämpfte gegen den Schlamm.

Reuben kämpfte, in die Binsen verstrickt, gegen die grauen Röhrichtköpfe, die gegen seine Hände ankämpften, und folgte ihr zurück zum Rande des meerwärts verlaufenden Tales.

Aber als Beth schwamm, kitzelte das Wasser sie, das Wasser legte sich an ihre Seite.

»Meine Geliebte«, rief Reuben, erregt vom Kitzel des Wassers und von den Händen der Binsen.

Und als sie nackt auf dem zwanzigsten Feld standen, flüsterte sie: »Mein Geliebter.«

Zuerst warf die Angst sie zurück.

Naß, wie sie waren, zogen sie ihre Kleider an.

»Über die Felder«, sagte sie.

Über die Felder, auf die Hügel und auf das Hügelhaus von Sam Rippe zu liefen die Kinder wie schwach gewordene Türme, nicht mehr Hand in Hand, sondern aus der Fassung gebracht vom Schlamm und errötet über das erste Kitzeln des nebligen Inselwassers.

»Hier«, sagte Sam Rippe, »hausen die ersten Tiere der Liebe.«

In der Kühle eines neuen Morgens hörten die Kinder zu, zu verängstigt, um einander an der Hand zu halten. Wiederum berührte er den nachgiebigen Hügel oberhalb der Insel und zeigte auf die fortschreitenden Skelettkanäle, die Schlamm mit Schlamm verbanden, grünes Meer mit dunklerem, und alle Hügel und Inseln der Liebe zu einem einzigen Gebiet verbanden. »Hier paart sich das Gras, hier paart sich das Grün, und die Körper«, sagte Sam Rippe, »und die trennenden Gewässer paaren sich und werden gepaart. Die Sonne mit dem Gras und dem Grün, der Sand mit dem Wasser und das Wasser mit dem grünen Gras, sie alle paaren sich und werden gepaart, um den Erdball zu tragen und zu ernähren.« Sam Rippe hatte sich mit einer grünen Frau gepaart, wie Großonkel Jarvis mit seinem kahlköpfigen Mädchen; er hatte sich mit einem weiblichen Wasser gepaart, daß es das Kind tragen und nähren sollte, das da neben ihm errötete. Er zeigte auf die Sumpfflächen, die so nahe am ersten Tier lagen, das seinen Rücken doppelt machte, und auf die Runde der doppelten Tiere unter einem Hügel, der so hoch war wie des Großonkels Hügel, der am gestrigen Abend die Stirne gerunzelt und sich in Steine gehüllt hatte. Des Großonkels Hügel hatte den Kindern die Füße zerschnitten, denn die Laufschuhe und die Gamaschen lagen für immer verloren im Gras des ersten Feldes.

Beth Rippe und Reuben dachten an den Hügel und saßen still da. Sie hörten Sam sagen, daß der Hügel der ersten Insel beim Abstieg weich wie Wolle werde oder glatt wie Eis zum Schlittenfahren. Sie erinnerten sich an den zahmen Abstieg gestern abend.

»Zahmer Hügel«, sagte Sam Rippe, »wird wild für die, die hinaufsteigen.« Den Hügel der Heranwachsenden säumte ein weißer Wegrand von Steinen und Eis, der die Zeichen von gleitenden Füßen oder Schlitten der Kinder trug, die ihren Weg hinabnahmen. Ein anderer Weg kletterte vom Fuß aus hinauf, mit einer Linie von rotem Stein und Blut, die die Zeichen der zerrissenen Fußabdrücke der hinaufsteigenden Kinder trug. Der Abstieg war weich wie Wolle. Wenn man auf der ersten Insel versagte, dann hüllte sich der aufsteigende Hügel in ein scharfes Etwas aus Steinen.

Beth Rippe und Reuben vergaßen keinen Augenblick die buckligen Felssteine und Feuersteinsplitter im Gras, und sie wandten sich zum ersten Mal an jenem Tag einander zu. Sam Rippe hatte ihn gemacht und würde auch ihr ihre Gestalt geben, würde den Knaben und das Mädchen zusammen zu einem doppelten Kletterer machen und formen, der die Insel suchte und dort zu einer einzigen Kraft verschmolz. Wieder erzählte er ihnen vom Schlamm, aber er versetzte sie nicht in Schrecken. Und die grauen Köpfe der Binsen waren zerbrochen, so daß sie in den Händen des Schwimmers nie wieder aufquellen würden. Der Tag des Aufstiegs war vorüber. Der erste Abstieg blieb, ein Hügel auf der Landkarte der Liebe, zwei Zweige aus Stein und Oliven in den Händen der Kinder.

Synthetischer Verlorener Sohn und Tochter, so kehrten sie in jener Nacht zum Zimmer des Hügels zurück, durch Höhlen und Kammern, die zum Dach hinaufliefen, sahen das Dach der Sterne und waren glücklich im Halt ihrer Hände ineinander. Dort vor ihnen lag das gestreifte Tal, und das Gras der zwanzig Felder fütterte das Vieh; das Nachtvieh bewegte sich längs der Hecken oder schlabberte das warme Idriswasser. Beth Rippe und Reuben rannten den Hügel hinab, und die zarten Steine lagen still unter ihren Füßen; rascher rannten sie die Flanke des Jarvis hinab, den Wind in ihren Haaren, den Meergeruch in ihre bebenden Nüstern geweht, vom Norden her und vom Süden, wo kein Meer war; und sie liefen langsamer und erreichten das erste Feld und den Rand des Tales und fanden ihre Gamaschen säuberlich in einem von Kühen ausgetretenen Fleck im Gras.

Sie knöpften ihre Gamaschen an und liefen durch die fallenden Halme.

»Hier ist das erste Feld«, sagte Beth Rippe zu Reuben.

Die Kinder blieben stehen, die mondbeschienene Nacht ging weiter, und eine Stimme sprach aus dem Heckendunkel.

Die Stimme sagte: »Ihr seid die Kinder der Liebe.«

»Wo bist du?«

»Ich bin Jarvis.«

»Wer bist du?«

»Hier, meine Lieben, hier in der Hecke mit einer weisen Frau.«

Aber die Kinder liefen vor der Stimme in der Hecke davon.

»Hier im zweiten Feld.«

Sie blieben stehen, um Atem zu holen. Und ein Wiesel lief quiekend über ihre Füße.

»Halt fester.«

»Ja, ich halte dich fester.«

Da sprach die Stimme: »Haltet euch fest, ihr Kinder der Liebe.«

»Wo bist du?«

»Ich bin Jarvis.«

»Wer bist du?«

»Hier, hier, ich liege bei einer Jungfrau aus Dolgelley.«

Im dritten Feld lag der Jarvismann und liebte ein grünes Mädchen, und während er sie die Kinder der Liebe nannte, lag er und liebte ihren Geist und den Geruch der Buttermilch in ihrem Atem.

Er liebte ein Krüppelweib im vierten Feld, denn ihre verrenkten Glieder ließen die Liebe länger dauern, und er verfluchte die geradegewachsenen Kinder, die ihn mit einer geradegliedrigen Geliebten im fünften Feld fanden, das das Viertel begrenzte.

Ein Mädchen von der Tigerbucht hielt Jarvis fest, und ihre Lippen zeichneten ein rotes, zersprungenes Herz auf seine Kehle; das war das sechste, wetterzerrissene Feld, wo er sich ihren beißenden Händen entwand und dabei deren Unschuld sah, zwei Blumen, die im Ohr einer Sau schwankten. »Meine Rose«, sagte Jarvis, aber die siebente Liebe roch in seinen Händen, seinen fingernden Händen, die Glamorgans Geschwür unter der achten Hecke festhielten. Eine heilige Frau aus dem Kloster von Bethels Herz diente ihm beim neunten Mal.

Und die Kinder im mittleren Feld schrien, als zehn Stimmen aufstiegen, aufstiegen und niederstiegen aus den zehn Räumen der Halbnacht und der umheckenden Welt.

Es war ganz und gar Nacht, als sie antworteten, als die Stimmen der einen Stimme leidenschaftlich auf die zweistimmige Frage antworteten, die unter den Schlägen der höher und höher steigenden und tiefer fallenden Luft läutete.

»Wir«, sagten sie, »sind Jarvis, Jarvis unter der Hecke, in den Armen einer Frau, einer grünen Frau, einer Frau so kahl wie ein Dachs, Jarvis auf den Lenden einer Nonne.«

Sie zählten die Zahl ihrer Lieben vor den Ohren der Kinder. Beth Rippe und Reuben hörten die zehn Orakel, und scheu fügten sie sich. Über die übrigen Felder, beim Geflüster der letzten zehn Geliebten, zur Stimme des alternden Jarvis, grauhaarig in den letzten Schatten, eilten sie den Wellen des Idris zu. Die Insel leuchtete, das Wasser babbelte, es war eine Bewegung von Gliedern in jedem Streich des Windes, der auf den flachen Fluß einschlug. Er zog ihr die Sommerkleider aus, und sie hielt ihre Arme, daß sie aussahen wie ein Schwan. Der nackte Knabe stand neben ihrer Schulter, und sie drehte sich um und sah ihn in die kleinen Wellen tauchen, die sie aufgepflügt hatte. Hinter ihnen entglitten die Stimmen ihrer Väter außer Hörweite.

»Flußauf«, rief Beth, »flußauf.«

»Flußauf«, antwortete er.

Nur die auf der Landkarte verzeichneten warmen Wasser liefen in jener Nacht über die Ränder der Insel der ersten Tiere, die weiß unter einem neuen Mond lag.

Die Maus und die Frau

I

Unter den Dachtraufen der Anstalt saßen Vögel, die pfiffen, daß der Frühling da war. Ein Irrer, der aus der obersten Stube wie ein Hund heulte, konnte sie nicht stören, und ihre Weisen hörten nicht auf, als er seine Hände nahe bei ihren Nestern durch die Gitterstäbe des Fensters streckte und nach dem Himmel krallte. Ein frischer Duft wehte mit den Winden rund um das weiße Gebäude und durch den Garten. Die Anstaltsbäume winkten mit grünen Händen über die Mauer hin der Welt draußen zu.

In den Gartenanlagen saßen die Patienten und sahen die Sonne oben an, oder die Blumen, oder gar nichts, oder gingen gemessenen Schrittes die Wege entlang und hörten den Kies unter ihren Füßen knirschen, mit hartem, vernünftigem Geräusch. Man hätte erwartet, dort auf den Rasenflächen Kinder in bedruckten Kleidchen spielen zu sehen, nicht zu lärmend. Auch das Gebäude sah freundlich aus, als kenne es nur die schönen Dinge des Lebens und die salonfähigen Regungen. In einem der mittleren Zimmer saß ein Kind, das seinen doppelgelenkigen Daumen mit einer Schere abgeschnitten hatte.

Ein wenig abseits des Hauptweges, der vom Haus zum Gartentor führte, hob ein Mädchen die Arme und winkte den Vögeln zu. Sie lockte die Spatzen mit kleinen Bewegungen ihrer Finger, aber es half ihr nichts. »Es muß Frühling sein«, sagte sie. Die Spatzen sangen jubilierend, dann hörten sie auf.

Das Heulen in der obersten Stube fing wieder an. Das Gesicht des Irren war dicht an das Fenstergitter gepreßt. Er riß den Mund weit auf und heulte hinauf zur Sonne, dabei lauschte er mit rücksichtsloser Aufmerksamkeit dem Tonfall seiner eigenen Stimme. Seine Augen stierten blicklos auf den grünen Garten, und als sie sich sachte wieder abwandten, hörte er die Umdrehung der Jahre. Nun gab es keinen Garten. An der Sonne schmolzen die eisernen Gitterstäbe. Wie eine Blume pulsierte ein neuer Raum und tat sich auf.

2

Er wachte auf, als es noch dunkel war, und drehte den Traum auf der Spitze seines Gehirns um und um nach allen Seiten, bis jedes kleine Symbol schwer von einer besonderen Bedeutung wurde. Aber es gab Symbole, deren er sich nicht entsinnen konnte; sie kamen und gingen so rasch unter dem Geraschel der Blätter, unter den Bewegungen einer Frauenhand, die Buchstaben an den Himmel malte, unter dem Fall des Regens und dem Summen des Windes. Er entsann sich des Ovals ihres Gesichtes und der Farben ihrer Augen. Er entsann sich des Tonfalls ihrer Stimme, aber nicht dessen, was sie gesagt hatte. Sie bewegte sich wieder müde auf und ab, immer längs des gleichen grünen Rasenlineals. Was sie sagte, fiel mit den Blättern und sprach im Wind, dessen Bruder an die Scheiben klopfte wie ein alter Mann.

Sieben Frauen waren das gewesen, in einem irren Stück eines Griechen, und jede mit dem selben Gesicht, gekrönt von dem selben Reifen aus irrem, schwarzem Haar. Eine nach der andern betraten sie das Rasenlineal, dann verschwanden sie. Sie wandten ihm dasselbe Gesicht zu, unerträglich müde von demselben Leiden.

Der Traum hatte sich verändert. Wo die Frau gewesen war, dort war eine Allee von Bäumen. Und die Bäume neigten sich vor und verschlangen ihre Hände miteinander und wurden zu einem schwarzen Wald. Er hatte sich selbst in die Tiefen dieses Waldes wandern gesehen, lächerlich in seiner Nacktheit. Er trat auf einen toten Zweig und wurde gebissen.

Dann war wieder ihr Gesicht da. Es war nichts in seinem Traum als ihr müdes Gesicht. Und die Veränderung der Einzelheiten des Traumes und die Veränderungen oben am Himmel, die Hebel der Bäume und die Zweige mit ihren Zähnen, das waren die Mechanismen ihrer Raserei. Es war nicht die Krankheit der Sünde, die auf ihrem Gesicht lag. Eher war es die Krankheit, nie gesündigt und nie Gutes getan zu haben.

Er zündete die Kerze auf dem kleinen Fichtenholztisch neben seinem Bett an. Kerzenlicht brachte die Schatten des Zimmers in Verwirrung und hob die verzerrten Schattenmänner aus den Ecken. Zum ersten Mal hörte er die Uhr. Bis dahin war er taub gewesen, taub für alles, außer dem Wind draußen vor dem Fenster und den reinen Wintergeräuschen der Nachwelt. Aber nun klang das beständige Tack-Tick-Tack wie das Herz jemandes, der in seinem Zimmer versteckt war. Nun konnte er die Nachtvögel nicht hören. Die laute Uhr ertränkte ihr Schreien, oder der Wind war zu kalt für sie und zauste ihre Federn. Er entsann sich des dunklen Haares der Frau in den Bäumen und der sieben Frauen, die über das Rasenlineal gegangen waren.

Er konnte der Vernunft nicht länger zuhören. Der Puls eines neuen Herzens schlug an seiner Seite. Zufrieden ließ er den Traum seinen Rhythmus diktieren. Oft stand er dann auf, wenn die Sonne hinuntergefallen war, und in der irren Schwärze unter den Sternen wanderte er auf dem Hügel und spürte den Wind in seinem Haar und seinen Nasenlöchern herumfingern. Die Ratten und die Kaninchen auf seinem ragenden Hügel kamen in der Dunkelheit heraus, und die Schatten trösteten sie über das Licht der rauhen Sonne. Auch die dunkle Frau war aus der Dunkelheit aufgestiegen und zog die Sterne zu Hunderten herab und zeigte ihm ein Geheimnis, das in der Nacht des Himmels höher hing und heller leuchtete als all die Planeten, die sich jenseits der Vorhänge drängten.

Er schlief wieder ein und wachte in der Sonne auf. Als er sich anzog, kratzte der Hund an der Tür. Er ließ ihn ein und spürte seine nasse Schnauze in seiner Hand. Das Wetter war heiß für einen Tag mitten im Winter. Der schwache Wind, der wehte, konnte die Schärfe der Hitze nicht lindern. Kaum öffnete er das Schlafzimmerfenster, so verzerrten die ungleichen Sonnenstrahlen seine Bilder zu den harten Linien des Lichtes.

Er versuchte, nicht an die Frau zu denken, während er aß. Sie war aus den Tiefen der Dunkelheit erstanden. Nun war sie wieder verloren. Sie ist ertrunken, tot, tot. Im reinen Glitzern der Küche, zwischen den weißen Brettergestellen, den Öldrucken von alten Frauen, den messingenen Kerzenleuchtern, den Tellern auf den Regalen und den Geräuschen des Kessels und der Uhr, war er eingekeilt zwischen den Glauben an sie und ihre Verleugnung. Nun versteifte er sich auf die Linien ihres Halses. Die Wildnis ihres Haares erhob sich über die dunkle Oberfläche. Er sah ihr Fleisch im zerschnittenen Brot; er sah ihr Blut, das immer noch durch die Kanäle ihres geheimnisvollen Körpers floß, im Quellwasser.

Aber eine andere Stimme sagte ihm, daß sie tot war. Sie war eine Frau in einer irren Geschichte. Er zwang sich, die Stimme erzählen zu hören, daß sie tot war. Tot, lebendig, ertrunken, wiedererweckt. Die zwei Stimmen schrien kreuz und quer durch sein Hirn. Er konnte es nicht ertragen, zu denken, daß der letzte Funke in ihr ausgelöscht worden sei. Sie lebt, lebt, schrien die beiden Stimmen zugleich.

Als er seine Bettücher zurechtlegte, sah er einen Notizblock und setzte sich an den Tisch, einen Bleistift bereit in der Hand. Ein Falke flog über den Hügel. Seemöwen, auf ausgebreiteten unbewegten Flügeln, schrillten am Fenster vorbei. Eine Rattenmutter in einem Loch an der Seite des Hügels nahe den Kaninchenlöchern säugte ihre Jungen, während die Sonne höher in die Wolken stieg.

Er legte den Bleistift hin.

3

Eines Wintermorgens, als das letzte Krähen des Hahnes
auf den Wegen seines Gartens zu nichts erstorben war, erschien die, die so lange mit ihm gewohnt hatte, ganz im
Wunder ihrer Jugend. Sie hatte danach geschrien, freige-
lassen zu werden und nicht mehr länger in seinen Träumen
umzugehn. Wäre nicht sie im Anfang gewesen, so hätte es
keinen Anfang gegeben. Sie hatte sich in seinem Bauch
bewegt, als er noch ein Knabe war, und hatte sich in seinen
Knabenlenden gerührt. Endlich brachte er sie, die von
Anfang an mit ihm gewesen war, zur Welt. Und mit ihm
wohnten ein Hund, eine Maus und eine dunkle Frau.

4

Das ist keine Kleinigkeit, dachte er, dieses Geschreibe, das
da vor mir liegt. Es ist das Erzählen von einer Schöpfung.
Es ist die Geschichte der Geburt. Aus ihm heraus war ein
Anderes gekommen. Ein Wesen war geboren worden,
nicht aus dem Schoß, sondern aus der Seele und dem kreisenden Kopf. Er war in das kleine Haus auf dem Hügel
gekommen, damit das Wesen in ihm reifen und fern von
den Augen der Menschen geboren werden konnte. Er verstand, was der Wind, der den Schrei der Frau aufnahm, in
seinem letzten Traum geschrien hatte. »Laßt mich geboren
werden«, hatte der Wind geschrien. Er hatte einer Frau
das Sein geschenkt. Sein Fleisch würde auf ihr sein, und
das Leben, das er ihr gegeben hatte, würde sie gehen, re-
den und singen machen. Und er wußte auch, daß es der
Block Schreibpapier war, auf dem sie absolut gemacht
wurde. Im schwarzen Kern des Bleistifts war ein Orakel.

In der Küche wusch er nach seinem Essen ab. Als er den
letzten Teller gewaschen hatte, sah er sich im Raum um. In
der Ecke, neben der Tür, war ein Loch, nicht größer als
eine große Geldmünze. Er fand ein kleines, viereckiges
Stück Blech und nagelte es über das Loch. Nun war er

sicher, daß nichts hineingehen oder herauskommen konnte. Dann zog er den Mantel an und ging hinaus, hügelauf und hügelab, zum Meer hin.

Zerbrochenes Wasser von der hereineilenden Flut sprang auf und fiel in die Risse der Felsen, daß zahllose Pfützen entstanden. Er kletterte zum Halbkreis der Küste hinunter, und die Muschelhaufen zerbrachen nicht unter seinem Fuß. Er spürte das Herz an seiner Seite klopfen und wandte sich dorthin, wo die größeren Felsen gefährlich zum Gras hinaufkletterten. Dort, an ihrem Fuß, das Oval ihres Gesichtes ihm zugewendet, stand und lächelte sie. Der Gischt fegte über ihren nackten Körper hin, und der leichte Meeresschaum lief unbeachtet über ihre Füße. Sie hob die Hand. Er ging zu ihr hinüber.

5

In der Kühle des Abends wandelten sie im Garten hinter dem kleinen Haus. Mit dem Bedecken ihrer Blöße hatte sie nichts von ihrer Schönheit verloren. Sie ging mit Hausschuhen an den Füßen so anmutig wie damals, als ihre Füße nackt waren. Es lag Würde in der Haltung ihres Kopfes, und ihre Stimme war rein wie eine Glocke. Er ging neben ihr den schmalen Weg und hörte keinen Mißakkord im Durcheinanderschreien der Möwen. Sie zeigte mit ihrem Finger auf Vogel und Busch und machte ihm eine neue Schönheit in den Flügeln und Blättern sichtbar, im sauren Malmen des Wassers über den Kieselsteinen, und ein neues Leben an den toten Ästen der Bäume.

»Es ist still hier«, sagte sie, als sie dastanden und auf die See hinausblickten, und auf die Dunkelheit, die über das Land heraufzog. »Ist es immer so still?«

»Nicht, wenn die Stürme mit der Flut hereinkommen«, sagte er. »Jungen spielen hinter dem Hügel, Liebespaare gehen zur Küste hinunter.«

Der späte Abend wurde so plötzlich zur Nacht, daß dort, wo sie stand, ein Schatten unter dem Mond stand. Er nahm die Hand des Schattens, und sie liefen zusammen ins Haus.

»Es war einsam für dich, bevor ich kam«, sagte sie.

Als eine Schlacke zischend durch den Eisenrost fiel, fuhr er in seinem Sessel zurück und machte eine erstaunte Handbewegung.

»Wie leicht du zu erschrecken bist«, sagte sie. »Mich erschreckt gar nichts.«

Aber sie dachte über ihre Worte nach und sprach wieder, diesmal mit leiser Stimme.

»Eines Tages werde ich vielleicht keine Beine haben, um zu gehen, keine Hände, um etwas zu berühren, und kein Herz unter meinen Brüsten.«

»Sieh die Millionen Sterne an«, sagte er. »Sie bilden ein Muster am Himmel. Es ist ein Muster von Buchstaben, die ein Wort bilden. Eines Nachts werde ich hinaufschauen und das Wort lesen.«

Aber sie küßte ihn und beschwichtigte seine Ängste.

6

Der Irre erinnerte sich an den Tonfall ihrer Stimme, hörte von neuem ihr Kleid rauschen und sah die furchtbare Rundung ihrer Brust. Sein eigener Atem donnerte in seinen Ohren. Das Mädchen auf der Bank winkte den Spatzen. Irgendwo schnurrte ein Kind und streichelte die schwarzen Säulen eines hölzernen Pferdes, das wieherte und sich dann niederlegte.

7

Sie schliefen beisammen in dieser ersten Nacht, Seite an Seite, in der Dunkelheit, die Arme umeinander geschlungen. Die Schatten in der Ecke waren in ihrer Gegenwart

74

zurechtgestutzt und von gefälliger Form und verloren ihre alte Unförmigkeit. Und die Sterne blickten von oben zu ihnen herein und leuchteten in ihren Augen.

»Morgen mußt du mir erzählen, was du träumst«, sagte er.

»Es wird dasselbe sein, was ich immer geträumt habe«, sagte sie, »daß ich auf einem kleinen Streifen Gras auf und ab gehe, auf und ab, bis meine Füße bluten. Siebenfach ich und meine Ebenbilder, und alle gehen sie auf und ab.«

»Das träume ich auch. Sieben ist eine Zahl in der Magie.«

»Magie?« sagte sie.

»Eine Frau macht einen Mann aus Wachs, sticht eine Nadel in seine Brust, und der Mann stirbt. Irgendwer hat einen Teufel und sagt ihm, was er zu tun hat. Ein Mädchen stirbt, du siehst sie herumgehen. Eine Frau verwandelt sich in einen Hügel.«

Sie ließ ihren Kopf an seiner Schulter ruhen und schlief ein.

Er küßte ihren Mund und ließ seine Hand durch ihr Haar gehen.

Sie schlief, aber er schlief nicht. Hellwach starrte er in die Dunkelheit. Nun war er von Entsetzen ertränkt, und die verschlingenden Wasser schlossen sich über seinem Schädel.

»Ich, ich habe einen Teufel«, sagte er.

Sie bewegte sich beim Geräusch seiner Stimme, dann war ihr Kopf wieder unbewegt und ihr Körper hingestreckt auf die Wellen des kühlen Bettes.

»Ich habe einen Teufel, aber ich sage ihm nicht, was er zu tun hat. Er hebt mir die Hand hoch, und ich schreibe. Die Worte kommen ins Leben. Also ist sie eine Frau, die von diesem Teufel kommt.«

Aus ihrem Mund kam ein zufriedenes Geräusch, sie schmiegte sich immer enger an ihn. Ihr Atem war warm an seinem Hals, und ihr Fuß lag auf dem seinen wie eine Maus. Er sah, daß sie schön war in ihrem Schlaf. Ihre Schönheit konnte aus nichts Bösem entsprossen sein.

Gott, den er in seiner Einsamkeit gesucht hatte, hatte sie zu seiner Gefährtin geschaffen, wie Eva für Adam aus Adams Rippe.

Er küßte sie wieder und sah sie im Schlaf lächeln.

»Gott an meiner Seite«, sagte er.

8

Ihm war es nicht geschehen, mit Rahel zu schlafen und mit Lea zu erwachen. Die Blässe der Morgendämmerung lag auf ihren Wangen. Er berührte sie leicht mit einem Fingernagel. Sie bewegte sich nicht.

Aber es war keine Frau in seinem Traum gewesen. Nicht einmal ein Faden aus Frauenhaar hatte vom Himmel niedergehangen. Gott war herabgekommen, in einer Wolke, und die Wolke hatte sich in ein Schlangennest verwandelt. Das giftige Zischen von Schlangen hatte an das Geräusch von Wasser erinnert, und er war ertrunken. Tiefer und tiefer war er gefallen, unter grünes Gewoge und Blasen, die die Fische aus ihren Mäulern blasen, tiefer und immer tiefer hinab auf die knochigen Gründe des Meeres.

Dann hatten sich Leute bewegt, vor einem weißen Vorhang, und hatten sich zu keinem anderen Zweck bewegt, als um irres Zeug zu sagen:

»Was hast du unter dem Baum gefunden?«

»Ich habe einen Flieger gefunden.«

»Ich habe eine Flasche mit einem Embryo gefunden.«

»Nein, nein; unter dem anderen Baum?«

»Ich habe eine Mausefalle gefunden.«

Er war unsichtbar gewesen. Es war nichts gewesen als seine Stimme. Er war quer über die Hintergärten geflogen, und seine Stimme, die sich in ein Gewirr von Radioantennen verfing, hatte geblutet, als wäre sie ein körperliches Ding. Männer in Liegestühlen horchten, wie die Lautsprecher sprachen:

»Was hast du unter dem Baum gefunden?«

»Ich habe einen Mann aus Wachs gefunden.«

»Nein, nein, unter dem anderen Baum?«

Er konnte sich kaum auf mehr als einige lose Fetzen von Sätzen besinnen, die Bewegung einer Schulter, die sich umwandte, die plötzliche Flucht oder den Fall von Silben. Aber langsam bahnte sich die ganze Bedeutung den Weg in sein Hirn. Er konnte jedes Symbol seiner Träume übersetzen, und er hob den Bleistift, daß sie alle hart und klar auf dem Papier stehen sollten. Aber die Worte wollten nicht kommen. Er glaubte das Kratzen von Samtpfoten hinter einer Wandverkleidung zu hören. Aber als er still dasaß und angespannt horchte, gab es keinen Ton.

Sie öffnete die Augen.

»Was tust du?« sagte sie.

Er legte das Papier nieder und küßte sie, ehe sie aufstanden, um sich anzuziehen.

»Was hast du geträumt?« fragte er sie, als sie gegessen hatten.

»Nichts. Ich habe geschlafen, das war alles. Was hast du geträumt?«

»Nichts«, sagte er.

9

Schöpfung kreischte im Dampf des Teekessels im Lichtschein, der Kringel auf das Porzellan warf und auf den Fußboden, den sie fegte, wie ein Kind den Fußboden eines Puppenhauses fegt. Es gab nichts an ihr zu sehen als Ebbe und Flut der Schöpfung, als den quer durch alles hindurchgehenden Schwung des Seins und Lebens im sorglosen Gefäß ihres Fleisches vom Schulterblatt zum Ellenbogen. Nach dem Schrecken, den er beim Übersetzen der Symbole gefunden hatte, konnte er nicht sagen, warum das Meer mit dem Kamm jeder Welle zu den fruchtbaren und unermüdlichen Sternen hinaufzeigte, und warum ein Bild der Fruchtbarkeit den Mond in seinem toten Lauf beunruhigte.

An jenem Abend formte sie seine Ebenbilder. Sie lieh

ihm Licht, und die Lampe leuchtete trübe neben ihr, der das Öl des Lebens in jeder Pore ihrer Hand schimmerte.

Und nun im Garten fiel ihnen ein, wie sie zum ersten Mal im Garten gewandelt waren.

»Du warst einsam, bevor ich kam.«

»Wie leicht du zu erschrecken bist!«

Sie hatte mit dem Bedecken ihrer Blöße nichts von ihrer Schönheit verloren. Obwohl er ihr zur Seite geschlafen hatte, war er es zufrieden gewesen, ihre Oberfläche zu kennen. Nun entblößte er sie von ihren Kleidern und legte sie auf ein Bett von Gras.

10

Die Maus hatte auf diese Erfüllung gewartet. Sie verzog die Augen und kroch verstohlen durch den Tunnel hinter der Küchenwand, der mit Fetzen von halbgegessenem Papier bedeckt war. Verstohlen, auf winzigen, gepolsterten Pfoten, tastete sie ihren Weg durch die Dunkelheit. Ihre Nägel scharrten auf dem Holz. Verstohlen bahnte sie sich ihren Weg zwischen den Wänden, schrie das blinde Licht an, das durch die Ritzen brach und durchsägte das Blechquadrat. Der Mondschein fiel langsam in den Raum, wo die Maus bei ihrer Zerstörungsarbeit nach und nach ins Licht vorrückte. Die letzte Schranke brach nieder. Und auf den reinen Steinen des Küchenbodens stand die Maus still.

11

In jener Nacht erzählte er von der Liebe im Garten Eden.

»Ein Garten wurde gepflanzt, im Osten, und Adam wohnte darinnen. Eva wurde für ihn gemacht, aus ihm gemacht, Bein von seinem Bein, Fleisch von seinem Fleisch. Sie waren so nackt wie du am Meerufer, aber so schön wie du kann Eva nicht gewesen sein. Sie aßen mit dem Teufel, und sie sahen, daß sie nackt waren, und sie bedeckten ihre Blöße. In ihren guten Körpern sahen sie zum ersten Mal Böses.«

»Dann hast du Böses in mir gesehen«, sagte sie, »als ich nackt war. Ich wäre genau so gern nackt wie angezogen. Warum hast du meine Nacktheit bekleidet?«

»Es war nicht gut anzusehen«, sagte er.

»Aber es war schön. Du selbst hast gesagt, es war schön«, sagte sie.

»Es war nicht gut anzusehen.«

»Du hast gesagt, Evas Körper war gut. Und doch sagst du, es war nicht gut, mich zu sehen. Warum hast du meine Nacktheit bekleidet?«

»Es war nicht gut anzusehen.«

12

»Willkommen«, sagte der Teufel zum Irren. »Wirf deine Augen auf mich. Ich wachse und wachse. Sieh, wie ich mich vermehre. Sieh meinen traurigen, klassischen, starren Blick. Und die Sehnsucht, geboren zu werden, in meinen dunklen Augen. Ach, das war der beste Spaß von allen!«

»Ich bin ein Irrenhausjunge, der den Vögeln die Flügel zerreißt. Denk an die Löwen, die gekreuzigt wurden. Wer weiß, daß nicht ich es war, der die Grabtür geöffnet hat, damit Christus hinaustorkeln konnte?«

Aber der Irre hatte des Teufels Willkommen wieder und immer wieder gehört. Immer wieder seit dem Abend des zweiten Tages nach ihrer Liebe im Garten, als er ihr gesagt hatte, daß ihre Nacktheit nicht gut anzusehen sei, hatte er den Willkommen aus dem niedergleitenden Regen läuten gehört und die Worte des Willkommens ins Meer eingebrannt gesehen. Beim Läuten der ersten Silbe in seinen Ohren hatte er gewußt, daß nichts auf Erden ihn retten konnte, und daß die Maus herauskommen werde.

Aber die Maus war schon herausgekommen.

Der Irre schrie hinunter zum winkenden Mädchen, dem jetzt auf einem Ast eine Schar von Vögeln langsam näher kam.

13

»Warum hast du meine Nacktheit bekleidet?«

»Es war nicht gut anzusehen.«

»Warum denn dann, nein, nein, unter dem anderen Baum?«

»Es war nicht gut, ich habe ein Kreuz aus Wachs gefunden.«

Und als sie ihm Fragen gestellt hatte, nicht zornig, sondern erstaunt, warum er, den sie liebte, ihre Nacktheit unrein gefunden habe, da hatte er die zerbrochenen Stücke des uralten Klageliedes in ihre Fragen einbrechen gehört.

»Warum denn dann«, hatte sie gesagt, »nein, nein, unter dem anderen Baum?«

Und er hörte sich antworten: »Es war nicht gut, ich fand einen redenden Dorn.«

Wirkliche Dinge tauschten immerzu Platz mit unwirklichen, und als ein Vogel in Gesang ausbrach, hörte er die Federn tief unten in seiner Kehle rasseln.

Sie verließ ihn mit einem Lächeln, das immer noch auf einer Frage kauerte, überquerte den Streifen Hügel und verschwand ins Halbdunkel, wo das kleine Haus stand wie eine zweite Frau. Aber sie kam zehnmal zurück, in zehn verschiedenen Gestalten. Sie atmete an seinem Ohr, fuhr mit dem Rücken ihrer Hand über seinen trockenen Mund und zündete die Lampe im Zimmer des Hauses an, das mehr als eine Meile entfernt war.

Es wurde dunkler, als er die Sterne anstarrte. Wind schnitt durch die neue Nacht. Sehr plötzlich kreischte ein Vogel über den Bäumen, und eine Eule heulte im meilenfernen Wald hungrig nach Mäusen.

Es war ein Widerspruch zwischen seinem Herzschlag und dem grünen Hundsstern Sirius, einem Auge im Osten. Er legte seine Hand auf seine Augen, daß sie den

Hundsstern verdeckte, und ging langsam auf die Lampe zu, die weit entfernt im kleinen Haus brannte. Und alle die vereinigten Elemente des Windes, des Meeres und Feuers, der Liebe und des Vergehens der Liebe schlossen sich zu einem Kreis um ihn.

Am Feuer, wo er sie erwartet hatte, sitzend und auf die Falten ihres Kleides niederlächelnd, saß sie nicht. Er rief ihren Namen am Fuß der Treppe. Er sah ins leere Schlafzimmer hinein und rief ihren Namen im Garten. Aber sie war fortgegangen, und das ganze Mysterium ihrer Gegenwart hatte das kleine Haus verlassen. Und die Schatten, von denen er geglaubt hatte, daß sie bei ihrem Kommen entwichen waren, drängten sich in allen Ecken und flüsterten untereinander mit Frauenstimmen. Er drehte den Docht in der Lampe klein. Als er die Treppe hinaufkletterte, hörte er die Eckstimmen lauter und lauter werden, bis das ganze kleine Haus von ihnen widerhallte und der Wind nicht zu hören war.

14

Mit Tränen in seinen Wangen und mit einem harten Schmerz in seinem Herzen schlief er ein und kam endlich dorthin, wo sein Vater in einem Alkoven saß, der in eine Wolke geschnitzt war.

»Vater«, sagte er, »ich bin durch die Welt gewandert und habe mich nach etwas umgesehen, was wert ist, geliebt zu werden, aber ich habe es weggetrieben und gehe nun von Ort zu Ort, klage über meine Häßlichkeit, höre meine eigene Stimme in den Stimmen der Feldvögel und der Frösche, sehe mein eigenes Gesicht in den durchlöcherten Gesichtern der Tiere.«

Er streckte seine Arme aus und wartete, daß Worte aus jenem alten Mund fallen mögen, der unter einem weißen, tränenvereisten Bart verborgen war. Er flehte den alten Mann an, zu sprechen.

»Sprich zu mir, zu deinem Sohn! Denk daran, wie wir

miteinander auf den Terrassen die klassischen Bücher gelesen haben. Oder wie du auf einer irischen Harfe an den Saiten gezupft hast, bis die Gänse schnatternd in die Luft aufflogen, wie die Sieben Gänse des Wandernden Juden. Vater, sprich du zu mir, deinem einzigen Sohn, einem Verlorenen Sohn aus den Grünflächen der kleinen Städte, verloren in den Gerüchen und Geräuschen der großen Stadt, in der dornigen Wüste und im tiefen Meer. Du bist doch ein weiser alter Mann!«

Er flehte den alten Mann an, zu sprechen, aber als er näherkam und ihm ins Gesicht starrte, sah er die Totenflecken auf Mund und Augen und ein Mäusenest im Gewirr des gefrorenen Bartes.

Es war Schwachheit, zu fliegen, aber er flog. Und es war eine Schwäche des Blutes, unsichtbar zu sein, aber er war unsichtbar. Er überlegte, und gleichzeitig träumte er unüberlegt, kannte seine Schwäche und den Wahnsinn des Fliegens, aber hatte keine Kraft, dagegen anzukämpfen. Er flog wie ein Vogel über die Felder. Aber bald verschwand der Körper des Vogels, und er war eine fliegende Stimme. Ein offenes Fenster winkte ihm mit dem Wehen seines Vorhangs, wie eine Vogelscheuche mit ihrem zerfetzten Wehen einem klugen Vogel winkt, und zum offenen Fenster flog er hinein und setzte sich auf ein Bett zu einem schlafenden Mädchen.

»Wach auf, du Mädchen«, sagte er. »Ich bin dein Geliebter, der in der Nacht gekommen ist.«

Seine Stimme weckte sie auf.

»Wer hat mich gerufen?«

»Ich habe dich gerufen.«

»Wo bist du?«

»Ich bin auf dem Kissen neben deinem Kopf und spreche in dein Ohr.«

»Wer bist du?«

»Ich bin eine Stimme.«

»Dann hör auf, mir ins Ohr zu schreien und hüpf mir in die Hand, daß ich dich anrühren und kitzeln kann. Hüpf mir in die Hand, du Stimme.«

Er lag still und warm in ihrer Hand.

»Wo bist du?«

»Ich bin in deiner Hand.«

»In welcher Hand?«

»Die Hand auf deiner Brust, die linke. Mach keine Faust, sonst zerdrückst du mich. Kannst du mich nicht fühlen, warm in deiner Hand? Ich bin ganz nah an den Wurzeln deiner Finger.«

»Sprich zu mir.«

»Ich hab einen Körper gehabt, aber in Wirklichkeit war ich immer eine Stimme. Wie ich wirklich bin, so bin ich in der Nacht zu dir gekommen, eine Stimme auf deinem Kissen.«

»Ich weiß, was du bist! Du bist die stille, kleine Stimme, auf die ich nicht hören darf. Man hat mir gesagt, ich darf auf diese stille, kleine Stimme, die in der Nacht spricht, nicht hören. Es ist böse, auf sie zu hören. Du darfst nicht mehr herkommen. Du mußt weggehen.«

»Aber ich bin dein Geliebter!«

»Ich darf nicht hören«, sagte das Mädchen, und plötzlich ballte sie die Hand zur Faust.

15

Er konnte in den Garten gehen, unbekümmert um den Regen, und sein Gesicht in die nasse Erde graben. Wenn er das Ohr dicht an die Erde legte, dann hörte er unter Gras und dumpfem Boden das große Herz mühsam rasseln, bevor es brach. In Träumen sagte er zu irgendeiner Gestalt: »Hebt mich hoch, ich wiege jetzt nur zehn Pfund. Ich bin leichter, sechs Pfund. Zwei Pfund. Mein Rückgrat schimmert durch meine Brust durch.« Das Geheimnis jener Alchemie, die eine kleine Umdrehung der unbeständigen Sinne in einen Augenblick mit Gold im Mund verwandelt hatte, war verloren, wie ein Schlüssel im dichten Unterholz verlorengeht. Ein Geheimnis war in der Nacht verwirrt worden, und die Verwirrung des letzten Wahnsinns vor dem Grab würde sich wie ein Tier auf das Hirn niederfallen lassen.

Er schrieb auf den Papierblock, ohne zu wissen, was er schrieb, und er fürchtete sich vor den Worten, die zuletzt zu ihm aufblickten und nicht vergessen werden konnten.

16

Und das ist alles, was daran war: eine Frau war geboren worden, nicht aus dem Schoß, sondern aus der Seele und dem kreisenden Kopf. Und er, der sie aus der Dunkelheit geboren und ausgetragen hatte, liebte seine Schöpfung, und sie liebte ihn. Aber das ist alles, was daran war: ein Wunder befiel einen Mann. Er verfiel dem Wunder und liebte es, aber konnte es nicht halten, und das Wunder ging vorüber. Und mit ihm wohnten ein Hund, eine Maus und eine dunkle Frau. Die Frau ging fort, und der Hund starb.

17

Er begrub den Hund am Ende des Gartens. »Ruhe in Frieden«, sagte er zu dem toten Hund. Aber das Grab war nicht tief genug, und in der überhängenden Böschung wohnten Ratten, die den Sack zerbissen, der Sarg und Leichentuch war.

18

Auf Gehsteigen der Städte sah er die Frau lose hingehen, ihre Brüste waren fest, unter einem Mantel, auf dem die einzelnen Haare von den Köpfen alter Männer lagen, weiß auf schwarz. Ihr Leben, das wußte er, war nur ein Leben von Tagen. Ihr Frühling war mit ihm vergangen. Nach dem Sommer und dem Herbst, der ungeheiligten Zeit zwischen vollem Leben und Tod, würde Winter sein, der

Furchen in ihre Reize riß. Er, der die geringsten Schattierungen aller Ursachen und Gründe kannte und alle vier Grundzeiten und Uhrzeiten des Jahres zusammen in jedem Symbol der Erde spürte, würde die Folge der Jahreszeiten von Grund auf zerstören. Winter durfte es nicht werden.

19

Stellt euch nun das alte Bildnis der Zeit vor, mit seinem langen Bart, den eine ägyptische Sonne weißgebleicht hat, mit bloßen Füßen, die das Sargassomeer gewaschen hat. Seht mir zu, wie ich den alten Tropf bearbeite! Ich habe sein Herz zum Stillstehen gebracht. Es ist zersprungen wie ein Nachttopf. Nein, das ist kein Regen, der da fällt. Das ist das Nasse aus dem gebrochenen Herzen.

Nebensonne und Sonne scheinen am selben Himmelszelt, gemeinsam mit dem zerbrochenen Mond. Schwindlig von der Jagd der Sonne auf den Mond und angeblinzelt von so vielen Sternen laufe ich die Treppe hinauf, um wieder von der Liebe irgendeines Mannes zu einer Frau zu lesen. Ich poltere Hals über Kopf herunter, um das Loch in der Küchenwand zu sehen, groß wie eine Münze, das da aufgestochen ist, und die Abdrücke der Pfoten einer Maus auf dem Boden.

Stellt euch nun die alten Abbilder der Jahreszeiten vor. Schlagt den Rhythmus, in dem sich die alten Figuren bewegen, in Stücke, den Trott des Frühlings, den Sommergalopp, den traurigen Paßgang des Herbstes und das Schlurfen des Winters. Zerbrecht Stück um Stück die unaufhörliche Verwandlung der Bewegung zu einem spindeldürren Gehen.

Stellt euch die Sonne vor, für die ich kein Ebenbild weiß als das alte Ebenbild des durchschossenen Auges, und den zerbrochenen Mond.

Nach und nach wurde das Chaos geringer, und die Dinge
der Welt rund umher waren nicht mehr aus ihrer eigenen
Substanz herausgerissen und in die Formen seiner Gedanken geschmiedet. Eine Art Frieden fiel auf ihn nieder, und
wieder war die Musik der Schöpfung hörbar, die aus Kristallwassern zitterte, aus dem heiligen Niederschwung des
Himmels zum nassen Rand der Erde, wo ein Meer überfloß. Nacht kam langsam, und der Hügel stieg auf zu den
unaufgestiegenen Sternen. Er drehte seinen Papierblock
um und schrieb auf die letzte Seite mit deutlicher Hand:

21

»Die Frau starb.«

22

Es war Würde in solch einem Mord. Und der Held in ihm
erhob sich in all seiner Heiligkeit und Kraft. Es war weiter
nichts, als daß er, der sie aus der Dunkelheit hervorgebracht hatte, sie auch wieder hinwegraffte. Und es war
weiter nichts, als daß sie sterben mußte, ohne zu wissen,
welche Hand aus dem Himmel den Schlag gegen sie geführt und sie niedergeschmettert hatte.

Er ging hügelabwärts mit langsamen Schritten, wie in
einer Prozession, und seine Lippen lächelten dem dunklen
Meer zu. Er kletterte zur Küste hinunter und wendete
sich, indem er sein Herz an seiner Seite klopfen fühlte,
dorthin, wo die größeren Felsen gefährlich zum Gras hinaufkletterten. Dort, an ihrem Fuß, mit dem Gesicht zu
ihm, lag sie und lächelte. Meerwasser lief unbeachtet über
ihre Nacktheit. Er ging zu ihr hinüber und berührte ihre
kalte Wange mit seinen Nägeln.

Bekannt geworden mit dem letzten Weh, stand er am offenen Fenster seines Zimmers. Und die Nacht war eine Insel in einem Meer von Geheimnis und Bedeutung. Und die Stimme aus der Nacht war eine Stimme des Hinnehmens.

Und das Gesicht des Mondes war das Gesicht der Demut.

Er kannte das letzte Wunder vor dem Grab, und das Geheimnis, das die Himmel und die Erde erstaunt und umschließt. Er wußte, daß er vor dem Auge Gottes und vor dem Auge des Hundssternes Sirius versagt hatte, daß er sein Wunder nicht hatte halten können. Die Frau hatte ihm gezeigt, daß es wunderbar war, zu leben. Und nun, da er endlich wußte, wie wunderbar und wie voll Freuden das Blut in den Bäumen und wie tief der Brunnen der Wolken, mußte er seine Augen zumachen und sterben. Er machte seine Augen auf und sah zu den Sternen auf. Es war eine Million von Sternen, die das gleiche Wort buchstabierten, und das Wort der Sterne war deutlich in den Himmel geschrieben.

24

Allein in der Küche, unter den zerbrochenen Stühlen und Porzellanscherben, stand die Maus, die aus dem Loch gekommen war. Ihre Pfoten ruhten leicht auf dem Boden, der über und über mit den grotesken Figuren von Vögeln und Mädchen bemalt war. Verstohlen kroch sie ins Loch zurück. Verstohlen bahnte sie sich ihren Weg durch den Hohlraum der Wand. Es war kein Ton in der Küche, nur der Ton der Nägel der Maus, die auf Holz scharrten.

Unter den Dachtraufen der Anstalt pfiffen immer noch die Vögel, und der Irre, der sich an die Gitterstäbe des Fensters in der Nähe ihrer Nester klammerte, heulte zur Sonne auf.

Auf der Bank abseits des Hauptweges winkte das Mädchen den Vögeln zu, und auf einem viereckigen Stück Rasen tanzten drei alte Weiber Hand in Hand, wimmernd im Wind, zur Musik einer italienischen Drehorgel, die von der Außenwelt her über die Mauer kam.

»Der Frühling ist da«, sagten die Wärter.

Das Kleid

Sie waren zwei Tage lang kreuz und quer durchs ganze Land hinter ihm her gewesen, aber am Fuß der Hügel war er sie losgeworden; versteckt in einem goldenen Busch, hatte er sie rufen und das Tal hinabstolpern gehört. Hinter einem Baum auf dem Hügelkamm hatte er hinuntergespäht auf die Felder, wo sie umhereilten wie Hunde, wo sie mit ihren Stöcken in den Hecken stocherten und ein schwaches Geheul ausstießen, als plötzlich Nebel vom Frühlingshimmel kam und sie vor seinen Augen verbarg. Aber der Nebel war ihm eine Mutter und legte einen Mantel um seine Schultern, dort, wo sein Hemd zerrissen und das Blut auf den Schulterblättern getrocknet war. Der Nebel machte ihm warm; er hatte die Speise und den Trank des Nebels auf seinen Lippen, und er lächelte durch die mütterliche Hülle des Nebels wie eine Katze. Am anderen Hang, wo der Hügel ins Tal abfiel, schlug er sich bis unter die dichteren Bäume durch, die ihn vielleicht zu Licht und Feuer und einem Napf Suppe führen würden. Er dachte an die Kohlen, die auf dem Kaminrost zischen würden, und an die junge Mutter, die dort stehen würde, allein. Er dachte an ihr Haar. Es würde ein Nest für seine Hände sein. Er rannte zwischen den Bäumen durch und fand sich auf einem schmalen Weg. Nach welcher Richtung sollte er gehen: auf den Mond zu, oder von ihm weg? Der Nebel hatte aus dem Stand des Mondes ein Geheimnis gemacht, aber in einer Ecke des Himmels, wo der Nebel auseinandergefallen war, konnte er Sternbilder sehen. Er ging nach Norden hin, wo die Sterne waren, summte ein Lied ohne Melodie und hörte seine Füße in der schwammigen Erde steckenbleiben und wieder loskommen.

Jetzt hatte er Zeit, seine Gedanken zu sammeln, aber kaum hatte er sie zu ordnen begonnen, als in den Bäumen, die über den Weg hingen, eine Eule schrie, und er blieb stehen und blinzelte zu ihr hinauf, denn er fand eine verwandte Melancholie in ihren Tönen. Bald würde sie herabstoßen und eine Maus packen. Er sah sie einen Augenblick lang, wie sie kreischend auf ihrem Ast saß. Dann fürchtete er sich vor ihr, eilte weiter und war erst ein paar Meter weit in die Dunkelheit gegangen, als sie mit einem neuen Schrei fortflog. Der arme Hase, dachte er, denn das Wiesel wird ihn trinken. Die Straße stieg an zu den Sternen, und die Bäume und das Tal und die Erinnerung an die Gewehre verblaßten hinter ihm.

Er hörte Schritte. Ein alter Mann trat regenglänzend aus dem Nebel.

»Gute Nacht, Sir«, sagte der alte Mann.

»Keine Nacht für den vom Weibe Geborenen«, sagte der Irre. Der alte Mann pfiff und eilte halb laufend auf die Bäume am Straßenrand zu.

»Sags nur den Bluthunden, kicherte der Irre, der den Hügel hinaufstieg, sags nur den Bluthunden! Und schlau wie ein Fuchs ging er auf seinen eigenen Spuren zurück bis dorthin, wo der nebelige Weg sich in drei Richtungen teilte. Zum Teufel mit den Sternen, sagte er und ging der Dunkelheit zu.

Die Welt war ein Ball unter seinen Füßen; sie stieß im Laufen an seine Füße; sie fiel nieder, da kamen die Bäume herauf. In der Ferne heulte der Hund eines Wilderers mit dem Fuß im Fangeisen, und er hörte es und lief noch schneller, denn er dachte, der Feind sei ihm auf den Fersen. »Duckt euch, Jungs, duckt euch!« rief er, aber mit der Stimme eines Mannes, der auf einen fallenden Stern zeigt.

Plötzlich fiel ihm ein, daß er seit der Flucht noch nicht geschlafen hatte, und er hörte zu laufen auf. Jetzt waren die Wasser des Regens zu müde, um die Erde zu peitschen, im Fallen brachen sie auseinander und wehten im Wind umher wie die Körner des Sandmanns. Wenn er dem Schlaf begegnete, würde der Schlaf ein Mädchen sein. Während der letzten zwei Nächte, im Gehen oder im Laufen quer durch das leere Land, hatte er von ihrer Begegnung geträumt. »Leg dich nieder«, würde sie sagen, würde ihm ihr Kleid geben, um darauf zu liegen, und würde sich an seiner Seite ausstrecken. Gerade als er so geträumt hatte und die kleinen Zweige unter seinen laufenden Füßen ein Geräusch gemacht hatten wie das Rascheln ihres Kleides, hatte in den Feldern der Feind geschrien. Er war fort und fort gelaufen und hatte den Schlaf immer weiter hinter sich gelassen. Manchmal war da eine Sonne, ein Mond, und manchmal unter einem schwarzen Himmel hatte er den Wind hochgenommen und niedergeworfen, ehe er weiterkonnte.

»Wo ist Jack?« fragten sie in den Gärten des Hauses, das er verlassen hatte. »Oben auf den Hügeln, mit einem Schlächtermesser«, sagten sie und lächelten. Aber das Messer war fort, gegen einen Baum geworfen, in dem es immer noch bebte. Es war keine Hitze in seinem Kopf. Er lief immer weiter und heulte um Schlaf.

Und sie, allein im Haus, nähte ihr neues Kleid. Es war ein helles Landkleid mit Blumen am Leibchen. Nur noch ein paar Stiche waren nötig, dann würde es fertig zum Tragen sein. Gefällig würde es sich an ihre Schultern schmiegen, und zwei von den Blumen würden aus ihren Brüsten wachsen.

Wenn sie mit ihrem Mann am Sonntagmorgen über die Felder ging und hinab ins Dorf, dann würden sich die Jungen die Hand vorhalten und ihr zulächeln, und alle Witwen würden die Köpfe zusammenstecken, wie das Kleid auf ihrem Bauch saß. Sie schlüpfte hinein und sah im Spiegel über dem Kamin, daß ihr neues Kleid noch hübscher war als sie es sich vorgestellt hatte. Es machte ihr Gesicht blasser und ihr langes Haar dunkler. Sie hatte es tief ausgeschnitten.

Ein Hund hob den Kopf und heulte. Eilig wandte sie sich ab von ihrem Spiegelbild und zog die Vorhänge fester zu.

Draußen in der Nacht suchten sie nach einem Irren. Er hatte grüne Augen, sagten sie, und hatte eine feine Dame geheiratet. Sie sagten, er habe ihr die Lippen abgeschnitten, weil sie Männern zulächelte. Sie holten ihn ab, aber er stahl ein Messer aus der Küche und verwundete seinen Wärter und brach aus in die wilden Täler.

Von weitem sah er das Licht in dem Haus und stolperte hinauf zum Rand des Gartens. Den kleinen Zaun darum sah er nicht, fühlte ihn nur. Der rostende Draht schabte an seiner Hand, und das nasse, abscheuliche Gras kroch ihm bis über die Knie. Und als er erst durch den Zaun gelangt war, kamen ihm die Heerscharen des Gartens entgegengestürzt, die blumenköpfigen und die körpererstarrenden Fröste. Er hatte sich die Finger aufgerissen, während die alten Wunden noch naß waren. Wie ein Blutmann kam er aus der Dunkelheit der Feinde auf die Stufen. Er sagte flüsternd: »Laß sie nicht auf mich schießen.« Und er öffnete die Tür.

Sie war in der Mitte des Zimmers. Ihr Haar war unordentlich herabgefallen, und drei der Knöpfe am Ausschnitt ihres Kleides waren offen. Was heulte nur der Hund so? Geängstigt von dem Heulen und den Gedanken an die Geschichten, die sie gehört hatte, schaukelte sie auf ihrem Stuhl. Was wurde aus der Frau? fragte sie sich im Schaukeln. Sie konnte sich keine Frau ganz ohne Lippen denken. Was wurde aus Frauen ohne Lippen, fragte sie sich.

Die Tür machte kein Geräusch. Er trat ins Zimmer, versuchte zu lächeln und hielt ihr die Hände hin.

»Ach, du bist zurückgekommen«, sagte sie.

Dann drehte sie sich auf ihrem Stuhl um und sah ihn. Sogar um seine grünen Augen herum war er voller Blut. Sie hob ihre Finger an den Mund. »Nicht schießen«, sagte er.

Doch die Bewegung ihres Armes zog den Ausschnitt ihres Kleides auseinander, und er starrte voll Verwunderung ihre weite, weiße Stirne an, ihre angstvollen Augen und Lippen, bis hinab zu den Blumen auf ihrem Kleid. Bei der Bewegung ihres Armes tanzte das Kleid im Licht. Sie saß vor ihm, von Blumen bedeckt. »Schlafen«, sagte der Irre. Und er kniete nieder und legte seinen verwirrten Kopf auf ihren Schoß.

Die Obstgärten

Er hatte geträumt, daß hundert Obstgärten an der Straße zum Küstendorf in Flammen ausgebrochen waren; und den ganzen windlosen Nachmittag lang schossen Flammenzungen durch die Baumblüte. Als an jedem Zweig plötzlich eine kleine rote Wolke wuchs, waren die Vögel aufgeflogen; aber als beim Steigen des Mondes und beim Landeinwärtsschwingen des eine Meile entfernten Meeres die Nacht herabkam, blies ein Wind die Feuer aus, und die Vögel kamen wieder. Er war ein Apfelgärtner in einem Traum, der endete, wie er begonnen hatte: mit der Hand einer Frau, halb Fleisch, halb Geist, die auf die Bäume zeigte. Sie flocht die blonden und die dunklen Strähnen ihres Haars ineinander und lächelte über die Apfelfelder hinweg einer schwesterlichen Gestalt zu, die an der Mauer des Gemüsegartens in einem kreisrunden Schatten stand; aber die Vögel flogen hinab auf die Schultern ihrer Schwester, ohne Furcht vor dem Vogelscheuchengesicht und der kreuzhölzernen Nacktheit unter den Lumpen. Er gab der Frau einen Kuß, und sie küßte ihn wieder. Dann kamen die Krähen auf ihre Arme herab, als sie ihn umschlungen hielt; die schöne Vogelscheuche küßte ihn und zeigte auf die Bäume, wo eben die Flammen erstarben.

Marlais erwachte an diesem Sommermorgen, und seine Lippen waren noch naß von ihrem Kuß. Das war eine noch schrecklichere Geschichte als die Geschichten von den irrsinnigen Pfarrern im Schwarzen Buch von Llareggub, denn die Frau bei den Obstgärten und ihr Schwesterstock an der Mauer waren seine Vogelscheuchengeliebten für immer und allezeit. Was waren schon die brennenden Obstgärten des Küstendorfes und die Wolken an den Spitzen der Zweige gegen seine Liebe zu diesen vogelaufreizenden Frauen? Mochten alle Bäume der Welt plötzlich auflodern, von den Wurzeln bis zu den höchsten Blättern, er würde nicht einmal das kürzeste feurige Feld mit Wasser besprengen. Sie war seine Geliebte, und ihre Schwester mit den Vögeln auf ihren Schultern hielt ihn enger umschlungen als die Frauen von LlanAsien.

Durchs Fenster im obersten Stockwerk sah er den blaßblauen, wolkenlosen Himmel über dem Gewirr von Dächern und Schornsteinen, und die Verheißung eines herrlichen Tages in den Flüssen der Sonne. Dort stand in Schornsteingestalt sein nackter, steinerner Junge bei den drei blinden Klatschbasen, die Feuer aus ihren Schädeln bliesen und sich bei jedem Wetter wärmesuchend aneinanderdrängten. Was war das für ein Mann auf einem Dach, der seinen Wetterhahnkopf gewendet hatte, um die roten und schwarzen Mädchen oben über der Stadt anzustarren, und sie durch seine Kopfwendung in Steinsäulen verwandelt hatte? Ein Wind vom Ende der Welt hatte die Dachwandler starrfrieren lassen, als die Stadt erst eine Handvoll Häuser war; jetzt warf ein Kreis von Kohlen-Tafelhügeln, auf denen die Kinder Indianer spielten, seinen Schatten auf die schwarzen Baugründe und auf die hundert Straßen; und die stockblinden Klatschbasen standen dicht aneinandergedrängt bei seinem nackten Jungen und bei den Ziegeljungfrauen unter den ragenden Kranhügeln.

Die See floß links dahin, ein Dutzend Täler entfernt, hinter der Kette von Vulkanen und den großen Schornsteinwäldern und den zehn Kleinstädten in einem einzigen Loch. Die See traf die Küsten von Glamorgan dort, wo außerhalb des Knäuels von Dörfern nach Westen hin ein halber Berg in einem wilden Wald niederfiel, und erschütterte die Grundfesten von Wales. Aber jetzt, dachte Marlais, ist die See träge und kühl, voller Delphine; von einer grünen Mitte her fließt sie nach allen Seiten und beleckt die Landsteine; sie läßt auf dem glühenden Sand des halben Berges die Muscheln raunen, und nicht einmal die Linien der Zeit sollen die blaue Wasserfläche mit dem bodenlosen Meeresgrund vereinen.

Er dachte daran, wie die See floß: wenn die Sonne sank,

drang ein Feuer ein, tief unter die flüssigen Höhlen. Während er sich anzog, erinnerte er sich an die hundert Feuer rund um die Blüten der Apfelbäume und an das ruhelose salzige Steigen des Windes, der mit dem letzten Deuten der Hand der schönen Vogelscheuche erstarb. Wasser und Feuer, See und Apfelbaum, zwei Schwestern und eine Schar von Vögeln blühten und zeigten und flogen herab, den ganzen Hochsommermorgen lang, im obersten Zimmer eines Hauses auf dem Hang über der schwarz hausenden Stadt.

Er spitzte seinen Bleistift und sperrte den Himmel aus, warf sein unordentliches Haar zurück, ordnete die Seiten einer teuflischen Geschichte auf seinem Schreibtisch und brach die Bleistiftspitze ab, bei den Worten »Meer« und »Feuer«, die er hart auf ein sauberes Blatt kritzelte. Feuer würde die vorgezeichneten Linien nicht entzünden, nicht brennend durch die herzlosen Schriftzeichen abenteuern, noch würde Wasser über den unholden Köpfen und den ungeschriebenen Worten zusammenschlagen. Die Geschichte war tot, vom Teufel angefangen; da stand ein weißglühender Baum voller Äpfel, wo ein erfrorener Turm voller Eulen hätte schwanken sollen, in einem Wind vom Südpol her; da lagen nackte Mädchen mit Brustspitzen wie Beeren auf dem Sand in der Sonne, wo am Karibischen Meer oder am Asowschen Meer eine kalte und ruchlose Frau hätte wehklagen müssen. Der Morgen war ihm feind. Er kämpfte mit den Worten wie ein Mann mit der Sonne, und die Sonne stand zu Mittag hoch und siegreich über der toten Geschichte.

Tu einen zweifarbigen Ring aus zweier Frauen Haar um die blaue Welt, weiß und kohlschwarz gegen die sommerfarbenen Grenzen von Himmel und Gras, tu vierbrüstige Stämme an die Pole an den Enden der sommerlichen Meere, tu Augen in die Seemuschel, laß zwei Obstbäume aus einer Kohlenhalde wachsen – und des armen Marlais Morgen, der sich zum Abend neigt, wirbelt vor dir. Unter den Augenlidern, wo die inwendige Nacht durch den Grund des Schädels in die weite, erste Welt zurückfuhr, die im fernsten Auge lag, glimmten zwei Liebesbäume wie Schwestern. In der Nacht laß einen Obstgarten sprießen; eine verzauberte Frau mit einem Rückgrat wie eine Reling laß ihre Hand in den Blättern verbrennen; Mann in Flammen, eine Meile von der See, laß dir von einem Wind das Herz auslöschen: des Marlais Tod bei lebendigem Leibe in der kreisenden Niederkunft des Tages, der keine Zeit gewährt hatte, weht wieder für dich im Wind.

Es war die traurigste Welt der kreisenden Welt; und die Sterne im Norden, wo der Schatten eines Scheinmondes wirbelte, bis ein Wind den Schatten ausblies, waren die verwitterten Südgesichter. Nur die astgabelige Brust der Vogelscheuchenfrau konnte seinen Kopf wie einen Apfel tragen, auf dem weißen Holz, wo kein Wurm eindringen würde, und allein ihre gestachelte Brust konnte den Wurm im Traum unterm Augenlid ihres Herzallerliebsten durchbohren. Der richtige runde Mond schien auf die Frauen von LlanAsien und auf die von Liebe zerrissenen Jungfrauen dieser Straße.

Das Wort hängt uns zu sehr an. Er hob seinen Bleistift, so daß dessen Schatten, ein Turm aus Holz und Blei, auf das saubere Papier fiel; er befingerte den Bleistiftturm, der Halbmond seines Daumes ging auf und unter hinter der bleiernen Turmspitze. Der Turm fiel; da fiel die Stadt der Worte, da fielen die Wände eines Gedichts, die symmetrischen Buchstaben. Er merkte, wie die Schriftzeichen zerfielen, als das Licht schwand, die Sonne in einen fremden Morgen hinabfuhr und das Wort des Meeres über die Sonne rollte. »Bildnis, nichts als Bildnis«, rief Marlais und stieg durch das Fenster hinaus auf die flachen Dächer.

Rings um ihn glänzten die Schieferplatten im Rauch der vergrößerten Schornsteine und durch die Dünste des Hügels. Unter ihm, in einer Welt von Worten, mühten sich geschäftige Leute, die Zeit totzuschlagen. Tapfer in seiner Verlassenheit, kroch er bis an den Rand der Schieferplatten, um dort gefahrvoll über dem winzigen Stadtgewühl und den Lichtern der Verkehrsampel zu stehen. Dahin fuhren die Marzipanautos, gängeschaltend, bremsend, über die Kinderstubenteppiche in die Hände eines spielenden Kindes. Aber bald hatte die Höhe es ihm angetan, er schwankte, fühlte, wie seine Beine unter ihm schwach wurden und sein Schädel aufschwoll wie eine Schweinsblase im Wind. Es war das Bildnis einer Kinderstadt, das seine Pulse in Verwirrung stürzte. Staub war in seinen Augen, und Augen waren in den Staubkörnern, die von der Straße heraufstiegen. Auf den ebeneren Dächern angelangt, faßte er nach seiner linken Brust. Die hellen Magneten der Straße waren der Tod; der Wind wehte die Anziehung des Todes und die Visionen des Fallens von ihm weg. Jetzt war er von aller Furcht befreit, stark, voller Nachtmuskeln. Über die Dächer rannte er dem Mond entgegen. Da kam die weiße Mondscheibe, in einem kälteren Glanz als zuvor; umgeben von Sternengefolge zog sie die Gezeiten des Meeres an. Von einer Brüstung aus schaute Marlais ihr zu, fand ein Wort für jeden Abschnitt ihrer Reise über den ausgerichteten Himmel, nannte sie die Blasse mit dem ewig gleichen Gesicht, verwunderte sich über ihre vielen Masken. Totenmaske und Tanzmaske über ihren bergigen Zügen verwandelten den Himmel; sie kämpfte hinter einer Wolke und kam mit einem neuen Lächeln über die Wand von Wind. Bildnis; und alles war Bildnis, angefangen von Marlais, zerzaust im Wind, bis zu der schreckenerregenden Stadt; er auf den Dächern, unsichtbar für die Straße, die Straße unter ihm blind für sein wandelndes Wort. Seine Hand vor ihm war fünffingeriges Leben.

Ein Baby schrie, aber der Schrei wurde schwächer. Es ist alles eins, die laute Stimme und die stille Stimme, die ein gemeinsames Schweigen anstimmten; die verwahrloste Dame, die ihre Nase an den Scheiben plattdrückt, und die vielbetrauerte Dame. Das Wort hängt uns zu sehr an, das tote Wort. Wolke: Reim auf den letzten Schleier; sie ballt sich über Mietskasernen und bricht im kalten Regen über den Straßen der Vorstadt. Hagel fällt auf Aschenbahn und geschotterten Stein. Es ist alles eins, Regen und Makadam; es ist alles eins, Hagel und Asche, das Fleisch und der rauhe Staub. Hoch über dem Gesumm der Häuser, weit vom Himmelsland und vom gefrorenen Zaun, fragte er jeden Schatten; Mensch unter Geistern, und Geist in der Wolle: so regte er sich nach der letzten Antwort.

Aus einem Steinmund, der um diese Stunde nicht mehr rauchte, stieg unbeantwortbar die Stimme des nackten Jungen auf: ›Der da auf den Dächern irr unter uns umherirrt, an meiner kalten, ziegelroten Seite und bei den wetterhahnerstarrten Frauen; der über dieser Straße geht, der unter dem Bilde des walisischen Sommerhimmels die ganze Nacht ohne Geliebte geht, der hat zehn Städte von hier zwei Schwestern zu Geliebten. Hinter den großen Schornsteinwäldern zur Linken und zum Meer hin, da brennen seine Geliebten für ihn ohne Ende bei hundert Obstgärten.‹ Die Stimmen der Klatschbasen erhoben sich unbeantwortbar: ›Was da bei den steinernen Jungfrauen geht, das ist unser jungfräulicher Marlais, Wind und Feuer und der Feigling auf den brennenden Dächern.‹

Er trat durch das offene Fenster.

Roter Saft in den Bäumen wallte auf aus den Kesselwurzeln bis in den letzten Blütenzweig, und die Äste fielen in dieser Nacht nach dem hohlen Spaziergang wie Kerzen von den Stämmen, aber wegen der Hitze der schwefligen Grasbüschel, gelbgebrannt von der toten Sonne, konnten sie nicht sterben. Und als er dorthin flog, umkreiste er – halb Nebelschleier, halb Mensch – alle Apfelbäume längs der Straße zum Dorf am Meer in der mächtigen Mittagshitze des Morgengrauens; und wie die Sonne flußgleich über die Hügel aufging, so sank die Sonne hinter einem Baum. Die Frau wies auf die hundert Obstgärten und die schwarzen Vögel, die sich um ihre Schwester scharten, aber ein Wind löschte die Bäume aus, und er erwachte wieder. Dies war das unerträgliche, zweite Erwachen aus einem Leben, das zu schön war, um zu zerbrechen, aber der Traum war zerbrochen. Der bei den Jungfrauen in der Nähe der Obstgärten umhergegangen war, der war eine Jungfrau, war Wind und Feuer und ein Feigling im zerstörenden Anbruch des Morgens. Aber als er sich angezogen hatte und gefrühstückt, ging er diese Straße hinauf zur Hügelspitze und wandte sein Gesicht dem unsichtbaren Meer zu.

»Guten Morgen, Marlais«, sagte ein alter Mann, der saß mit sechs Windhunden im Gras.

»Guten Morgen, Mr. David Davies.«

»Du bist sehr früh auf«, sagte der doppelte David.

»Ich geh ans Meer.«

»Ans weinfarbene Meer«, sagte der doppelte Dai.

Marlais ging mit weitausgreifenden Schritten über den Hügel nach der grüneren linken Seite und hinter dem Kreis der Stadt hinunter zum Rand des Whippet-Tals, wo die Bäume, auf ewig verkrümmt zwischen Rauch und Schlacke, am Himmel und am schwarzen Boden zerrten. Die toten Äste beteten, daß die Wurzeln die Erde hochstemmen mögen, um für die Blätter und den Geist des krachenden Holzes ein Dutzend Rinnen freizulegen, ein Loch im Tal für den maulwurfshändigen Saft, ein langes Grab für das Skelett des letzten Frühlings, das einstmals, als die stumpfen und gegabelten Hügel noch scharf und gerade waren, durch das einst grüne Land gesprungen war. Aber die Bäume des Whippet-Tals waren die Längstverstorbenen des aufgestapelten Süderlandes. Sie waren es, die unter dem zerklafterten, zerklüfteten und zerhackten Land verschwunden waren, das mit zugespitztem Daumen auf die Hügel deutete, mit diesen warnenden Fingern mit Nägeln aus schwarzen Blättern. Der Tod in Wales hatte die walisischen Toten zu diesen Talkrüppeln verkrümmt.

Der Tag war ein Vergehen von Tagen. Mittag, der Geschichtentöter und Brandstifter (die Legenden von den russischen Meeren starben, als die Bäume zu ihrem Brand erwachten), ging vorbei in allen Mittagen seit dem Fall des Menschen von der Sonne und seit dem Aufstieg der ersten Sonne auf die Zinnen des halbfertigen Himmels. Und alle Talsommer, die einst monumental rot gewesen waren und jetzt Grabsteinzüge hatten, glitzerten den ganzen Hochsommernachmittag lang auf dem Weg zum Meer. Durch das Ahnental, wo seine Väter aus ihrem hölzernen Staub heraus und voll von Spatzen einem Hügel drohten, ging er mit stetem Schritt; am Rand des Loches, in dem LlanAsien lag, eine Stadt in einem Grab, wurde er vom Rauch der Wälder erfaßt; und wie ein Geist aus den scharf abgeschnittenen Gefilden unter dem aufgestapelten Wurzelholz stieg er hinunter auf die steigenden Straßen.

»Wohin wanderst du, Marlais?« sagte ein einbeiniger Mann bei einem schwarzen Blumenbeet.

»Zum Meer hin, Mr. William Williams.«

»Zum Meer voller Meerjungfrauen«, erwiderte Will Stelzfuß.

Marlais kam aus dem knollenkranken Tal auf einen öden Berg, durch ein schäbiges Gehölz auf ein ruppiges Feld; eine Krähe auf einem Maulwurfshügel an der Stelle, die Des Prinzen Schädel hieß, krächzte vom freien Platz in der Hölle in der dichtgedrängten Erde. Der Nachmittag brach herein, das gerodete Land wogte, und wie ein Baum oder Blitzstrahl fuhr ein Wind drein, Wurzeln zuoberst, gegabelt zwischen Rauch und Schlacke, als die Dämmerung fiel. Umringt von Echos, den glühheißen Wanderern von Stimmen, und von den Teufeln aus den gehörnten Äckern, schauderte er auf dem Grund und Boden seiner Feinde, als auf dem Nachtmahr eines Abends eine neue Nacht nahte. »Sollen die Bäume einstürzen«, sagten die staubigen Wanderer, »sollen die Felsblöcke abbröckeln, soll der Stechginster verfaulen und verschwinden und Erde und Gras verschlungen werden vom Abgrund eines Hügels, der in der Schwebe steht auf dem Grab, das nach Eden vordringt. Winde in Flammen, so werden wir durch Gruft und Sarg und Versteinerung ein Menschenhäuflein Staub in jenen Garten blasen. Wo die Schlange den Baum entzündet und aus seiner Rinde wie ein Funke der Apfel fällt, schießt ein Baum in die Höhe; eine Vogelscheuche erstrahlt auf dem Ästekreuz, und bei einem, der in der Sonne steht, erheben sich die neuen Bäume zu einem Obstgarten rings um das

Kruzifix.« Zu Mitternacht lagen schon zwei Täler unter ihm; dunkel ruhten sie mit ihren zwei Städten auf den Handtellern der durchwühlten Berge. Ein Tal hielt um ein Uhr morgens den Ort Aberbabel in der Faust unter ihm. Er war kein junger Mann mehr, sondern ein sagenhafter Wanderer, eine wandernde Volksgestalt, mit einer Grille als Herz; er ging an der Kapelle von Aberbabel vorbei, nahm den kurzen Weg durch den Friedhof über die unruhigen Grabsteine und erspähte einen rotwangigen Mann in einem Nachthemd zwei Fuß über der Erde.

Die Täler zogen vorbei; aus den Hügeln, die ins Wasser tauchten, aus den Augenblicken von Bergen kam das elfte Tal herauf wie eine Stunde. Und zeitlos trat aus dem Zwergenauge des Fernrohrs, aus dem Ring von Licht wie die Vermählung eines Kreises auf dem letzten Hügel vor der See, der Umriß der hundert Obstgärten, vergrößert im unbefleckten Abnehmen des Mondes. Dies war der Anblick, der dem Fernrohr begegnete, und die Welt, die Marlais am Morgen nach dem ersten der elf unsagbaren Abenteuer sah: Zu seinen beiden Seiten die ununterbrochenen Wände, höher als die Bohnenstangen, die sich auf dem Dach der Welt mit dem Märchen vermählten, daß sie bis zum Mond aufragten, einem Märchen von Stein und Erde und Käfer und Baum. Einen Friedhof vor ihm ging der Boden zu Ende, schoß tiefer und tiefer hinab, verlor sich mit dem Teufel im Bett des Tales, erhob sich schwankend zur Straße nach dem Meerdorf, wo die Blüten der Obstbäume über das Holz der Bootswände niederhingen und Schwesternstraßen zu den vier weißen Landspitzen liefen; eine Felsenlinie also, schnurstracks zur Hügelspitze gezogen, und die Kurve, wo sie sich krümmte, mit Bäumen gestrichelt; dann ins Tal niedertauchen, tief wie die Geschichte des letzten Feuers, das in der Kammer ein Stockwerk über dem Garten Eden brannte, und zum ersten grünen Bau nach dem roten, tiefen Fall. Tiefer und tiefer, wie ein mit Städten beklebter Stein, wie der Fluß aus einem Glas voller Orte, fiel der Hügel, der seinen Füßen Halt gab. Er war nicht mehr eine Volksgestalt, sondern Marlais, der Dichter, der über den Rand in die Zerstörung hineinschritt, die Flanke des Untergangs erkletterte, und weiter über die Hölle im Bett zur roten Linken, bis er das erste der Felder erreichte, wo die unausgebrüteten Äpfel bald Feuer schreien würden, in einem Wind von einem halben Berg her, der nach Westen ins Meer fiel. Marlais stand, ein Mann in einem Bild, wo der Mittag zur Mitte hinwehte, stand an einem Kreis von Apfelbäumen und zählte die Baumkreise, die über die schattigen Meilen auf einen Dörferhaufen zuwanderten. Er legte sich ins Gras nieder, und der Mittag fiel wundgeschlagen zur Sonne zurück; und er schlief, bis eine Handglocke über die Felder läutete. Es war ein Nachmittag ohne Wind, und die Schwester mit den blonden Haaren läutete die Glocke zum Tee.

Er war ganz nahe ans Ende der unbeschreiblichen Wanderung gelangt. Das blonde Mädchen breitete auf einem zum Meer abfallenden Feld, drei Felder und einen Zauntritt von Marlais entfernt, ein Tischtuch über einen flachen Stein. In einen von mehreren Bechern goß sie Milch und Tee, und das Brot schnitt sie so dünn, daß sie durch die weißen Scheiben London sehen konnte. Sie sah unverwandt hinüber zum Zauntritt und zur gestutzten, durchsichtigen Hecke, und als Marlais sie überkletterte, zerlumpt und unrasiert, die entblößte Brust von der Sonne verbrannt, stand sie aus dem Gras auf und lächelte und schenkte Tee für ihn ein. Das war das Ende der unsagbaren Abenteuer. Sie saßen im Gras an dem Steintisch wie Liebende bei einem Picknick, zu voll von Liebe, um zu sprechen: wunschlose Hausgeister im Schatten des Heckenwinkels. Sie hatte eine Handglocke für ihre Schwester geläutet, und sie hatte damit einen Geliebten über elf Täler hin zu sich gerufen. Ihre vielen Liebesbecher standen leer auf dem flachen Stein.

Und er, der geträumt hatte, daß hundert Obstgärten in Flammen ausgebrochen waren, sah plötzlich im windlosen Nachmittag Feuerzungen durch die Apfelblüte schießen. Die Bäume rund um sie her fingen Feuer und knisterten in der Sonne, die Vögel flogen auf, als aus jedem Zweig eine kleine rote Wolke wuchs; die Rinde fing Feuer wie Stechginster, die ungeborenen, lodernden Äpfel wirbelten blitzschnell verzehrt zu Boden. Die Bäume waren Feuerwerk und Fackeln, glosten aus dem Feuerofen der Felder zu einem brennenden Lichtbogen auf und warfen ihre gebrandmarkten Früchte wie Aschenregen auf die verkohlten Straßen und Felder nieder.

Der im windlosen Nachmittag einen Knabentraum von ihrer Hand aus Fleisch und Geist geträumt hatte, sah nun auf dem roten Höhepunkt, als die hölzernen Wurzelstufen am Eingang des Obstgartens splitterten und es den bewahrten Türmen übel erging, daß sie schwer ihre Hand erhob und auf die Bäume und Vögel zeigte. Am Himmel war ein Gestöber von Flügeln und Feuer und Vorabendwind im Niedergehen des verbrannten Tages. Als die neue Nacht gebaut war, lächelte sie, wie sie in dem kurzen, elf Täler alten Traum gelächelt hatte; schief wie Pisa lehnte die Nacht an den westlichen Wänden; keine Posaune soll die Wände von Wales einstürzen lassen, ehe die Jüngste Musik anhebt; sie zeigte auf ihre Schwester in einem Schatten bei dem verschwindenden Garten, und die Gestalt mit dunklen Haaren und mit Krähen auf ihren Schultern erschien an Marlais' Seite.

Das war das Ende einer Geschichte, schrecklicher als die Geschichten von den Lebenden und von denen, die nicht tot sind, in den bergigen Häusern der Jarvishügel; und das unnatürliche Tal, das der Idris bewässert, ist ein Kinderland gegen dieses elfte Tal auf der Wanderung zum Meer. Ein Traum, der kein Traum war, lauerte dort; der Wind der wirklichen Welt zog herauf, um die Feuer zu löschen; eine Vogelscheuche zeigte auf die erloschenen Bäume.

Das hatte er geträumt, noch ehe das Brennen und Erlöschen der Blüten, das Steigen und das salzige Landeinwärtsschwingen des Meeres in der Nähe dieser Obstgärten kein Traum mehr war. Er küßte die beiden heimlichen

Schwestern, und eine Vogelscheuche küßte ihn wieder. Er
hörte die Vögel auf die Schultern seiner beiden Geliebten
niederfliegen. Er sah die Astgabelbrust, das gestachelte
Auge und die dürre Zweighand.

In der Richtung zum Anfang hin

Im leichten Zelt im schwingenden Feld im großen Frühlingsabend, nahe der See und dem strandkiesgesteinigten Boot mit dem Mast aus Zedernholz, dem Heck voller Schnäbel und Muscheln, einem gefalteten lachsfarbenen Segel und zwei breitflossigen Rudern; unter den Möwen, die hoch oben vorbeiflogen, im gleichen Schwarm mit Storch, Pelikan und Sperling auf dem Flug zum Ende des Ozeans und zum ersten Samenkorn eines zeitlosen Landes, das auf dem Kopf einer Sanduhr wirbelt: ein Reifen aus Federn hinab ins Dunkel des Frühlings in einem Drunterunddrüberjahr; als die Felsen in der Geschichte mit jedem Zug und gekritzelten Glied, jedem Nadelöhr, mit jedem Schatten eines Nervs und jedem Schnitt ins Herz, mit gespaltener Faser und tönernem Faden für den Wortschwall der Odyssee verzeichneten, wie das Lorbeerblatt fiel und die Eiche stürzte und der Mondstein an meuchlerischen fleischgewordenen untoten gezählten Wellen zersplitterte, wurde in der Richtung zum Anfang hin ein Mensch geboren. Und aus dem Schlaf, in dem die Mondscheibe ihn mit den Bergen in ihren Augen und mit den starken, äugigen Armen hochgehoben hatte, die hinter ihr voller Gezeiten und Finger zur umwehten See niederfallen, rappelte er sich hoch über den Rand des Abends, schwang sich in den Anfang wie eine Wildgans in den Himmel und rief seine Furien nach dem vom Wind gezeichneten Register des Grabes und der Wasser beim Namen. Wer war diese Fremde, die daherkam wie eine Hagelschloße, in Eis geschnitten, einen schneeblättrigen Seebusch als Haar und größer als ein Zedernmast; sie, um die der nordweiße Regen niederströmte und die walfischgepeitschte See von einer Fischerstadt auf der schwimmenden Insel hochgeworfen wurde bis zu den Höhlen ihres Auges? Sie war Salz und war weiß und unterwegs wie das Feld, das mit seinen Vögeln auf einem einzigen Halm um sie geschlungen war, wie der Abend, dessen Mittelpunkt im nie stillen Herzen lag; er hörte ihre Hände in den Baumwipfeln – eine Feder tauchte nieder, ihre Finger flossen über die Stimmen –, und die Welt durchlief im Ertrinken die Gesichte einer Sirenenfremden von Gras und Wassertieren und Schnee. Die Welt wurde eingesaugt bis auf den letzten Tropfen des letzten Sees; der Wasserfall des letzten Teilchens hetzte als Schaum zu Boden, als hätte der Regen vom Himmel seine Wolken kielkenternd fallen lassen wie Manna aus den weichen Bäuchen der Jahreszeiten, und der harte Hagel fiel und verbreitete und verwirrte sich in einer Wolke, halb Blume, halb Asche, oder der kammfüßige Wind der Aasvögel, der eine aus Schlamm aufgetürmte Pyramide durchwehte, oder das sanfte, sachte Treiben von mit Blättern vermengtem Dunst. Genau in der Mitte des kreisenden Zaubers war er ein Küstenmann in tiefer See, mit seinem Haar an das Auge auf dem Zyklopenbusen gebunden und mit den Saiten seiner umspülten Schenkel unter die Bänder ihrer Stimme gespannt. Weiße Bären schwammen und Matrosen ertranken beim Glasklang der Musik, die sie mit Händen und Fabeln aus seinem aufrechten Haar hämmerte und zupfte; sie zerrte sein Entsetzen an den Ohren und brachte ihn singend ans Licht durch den Wald der schlangenhaarigen, versteinernden Stimme. Über ihre eigene erstarrte Schulter zurück starrte die Offenbarung. Was war ihre Schöpfungsgeschichte: der letzte Funke des Gerichtes oder die Springflut des ersten Walfisches aus dem Wasserland? Die Brunst des Feuers am Ende vor der Aschenurne, ein hochauftanzender Totenbrand, einer versprühten Rakete noch heißer Stumpf, oder eine verlöschende Wassermütze über dem Kerzengipfel, wo der erste Frühling und seine Torheit die Schranken des Meeres überkletterten und die Schleusen und Schlösser des Gartens waren? Wer war sie, deren Bild im Wind, deren Spur auf der Klippe war, deren Echo auf Antwort pochte? Sie hatte einen Golddrosselglorienschein und Schlangenhaare. Sie regte sich im verschlingenden salzigen Feld, in der Chronik und in den Felsen, in den dunklen Anatomien und selbst im Grunde der verankerten See. Sie wütete im Schoß des Maultiers. Sie stolperte in der galoppierenden Dynastie. Sie war laut im alten Grab und hielt in der Sonne einen stillen, lebhaften Mund. Er nahm ihr ausgestoßenes Ebenbild wahr, mit eines Nachtmahrs Fuß in Gift abgedruckt und in den Wind gerahmt; den Abdruck ihres Daumens, der sich vor ihrer Hand mit einem schwimmhäutigen Schatten krümmte; die Befragung des vertrauten Echos: ›Was ist die Geschichte meiner Schöpfung; die Springflut aus Granit, die dort, wo die erste Flamme in die gemeißelte Welt geworfen ist, löscht und ertränkt, oder das Freudenfeuer mit seiner Löwenmähne jenseits der Schwelle der letzten Gruft?‹ So fuhr an jenem Abend eine einzige Stimme auf den Wellen des Lichtes und des Wassers dahin, ein einziger Gesichtszug nahm die gleitenden, wechselnden Launen an. Von dort, wo die grüngoldene Spanische Fliege der See die Spur des Tintenfisches färbt, kroch ein einziges Gift durch den Schaum, und aus allen vier Ecken der Weltkarte pustete ein einziger Blasengel in Gestalt einer Insel die Wolken hinaus auf die See.

Zweiter Teil

Weihnachtsgespräch

KLEINER JUNGE
Vor vielen, vielen, vielen Jahren, als du ein kleiner
Junge warst –

SELBST
Als es noch Wölfe in Wales gab, und Vögel, so rot wie
rote Flanellunterröcke an den harfenförmigen Hügeln
vorbeizischten, als wir die ganze Nacht und den ganzen
Tag lang sangen und schwelgten, in Höhlen, die rochen
wie Sonntagnachmittage in feuchten Guten Stuben von
Bauernhäusern, und als wir mit eines Pfarrers Kinnbak-
ken auf die Engländer und auf die Bären Jagd machten –

KLEINER JUNGE
Du bist nicht so alt wie Mr. Beynon vom Zweiund-
zwanzigerhaus, der sich erinnern kann, wie es noch gar
keine Autos gab. Vor vielen, vielen Jahren, als du noch
ein Junge warst –

SELBST
Ach, ich weiß noch, wie es noch lang keine Autos gab,
noch nicht einmal Räder, und auch noch keine Pferde
mit Gesichtern wie Herzoginnen; wie wir noch sattel-
los auf den Rücken der dummen und glücklichen Hügel
selber ritten –

KLEINER JUNGE
Du bist auch nicht so dumm wie Mrs. Griffiths oben in
unserer Straße, die sagt, sie hält im Reservoir ihr Ohr
unter Wasser und hört den Fischen zu, wie sie miteinander walisisch sprechen. Als du noch ein Junge warst,
wie war denn damals Weihnachten?

SELBST

Es hat geschneit.

KLEINER JUNGE

Voriges Jahr hat es auch geschneit! Ich hab einen Schneemann gemacht, und mein Bruder hat ihn umgeschmissen, und ich hab meinen Bruder umgeschmissen, und dann haben wir unseren Tee getrunken.

SELBST

Aber das war nicht derselbe Schnee. Unser Schnee, der wurde nicht nur in weißen Tüncheeimern vom Himmel geschüttet, sondern ich glaube, er kam auch in flaumigen Umhangtüchern aus dem Boden heraus und schwamm und trieb aus den Armen und Händen und Körpern der Bäume hervor; Schnee wuchs über Nacht auf den Dächern der Häuser wie ganz reines Moos, ein Großvatermoos, und Schnee machte ein winziges Efeugerank um die Mauern und setzte sich auf den Briefträger, der die Gartenpforte öffnete, wie ein lautloses, gefühlloses Gewitter aus weißen, zerrissenen Weihnachtskarten.

KLEINER JUNGE

Hats denn damals auch schon Briefträger gegeben?

SELBST

Mit tröpfelnden Augen und kirschroten Windnasen knirschten sie auf gespreiteten erfrorenen Füßen den Hügel herauf zu unseren Haustüren und fäustlingten tapfer dran herum. Aber alles, was die Kinder hören konnten, war nur ein Glockenläuten.

KLEINER JUNGE

Du meinst, daß der Briefträger an der Tür bumm – bumm – bumm machte, und daß die Türen läuteten?

SELBST

Die Glocken, die die Kinder hören konnten, waren in ihnen drinnen.

KLEINER JUNGE

Ich hör nur Donner, manchmal; Glocken nie.

SELBST

Und Kirchenglocken gabs auch.

KLEINER JUNGE

In ihnen drin?

SELBST

Nein, nein, nein, in den fledermausschwarzen, schneeweißen Glockentürmen, und Bischöfe und Störche zogen an ihren Glockensträngen. Und sie läuteten ihre Botschaft über die weißverbundene Stadt hin, über den gefrorenen Schaum der Hügel aus Zuckerstaub und Fruchteis, über das knisternde Meer. Es war, als bummerten alle Kirchen vor Freude unter meinem Fenster, und ihre Wetterhähne krähten Weihnachten auf unserem Zaun aus.

KLEINER JUNGE

Erzähl lieber weiter von den Briefträgern.

SELBST

Die waren ganz einfache, gewöhnliche Briefträger. Sie hatten eine Vorliebe für lange Wege und Hunde und Weihnachten und den Schnee. Sie klopften an die Türen mit blauen Fingerknöcheln –

KLEINER JUNGE

Unsere hat einen schwarzen Klopfer –

Und dann standen sie auf der weißen Willkommen-
Fußmatte unter dem kleinen schneedurchwehten Vor-
dach und klatschten ihre Hände zusammen und keuch-
ten und fauchten und machten Geister mit ihrem
Hauch und traten von einem Fuß auf den anderen wie
kleine Jungen, die hinausgehen wollen.

KLEINER JUNGE

Und dann die Geschenke?

SELBST

Und dann die Geschenke, nach dem Trinkgeld für den
Briefträger, und der kalte Briefträger rutschte mit einer
Rose auf seiner Knopfnase, kling-kling, die von den
Teetabletts glattpolierte Schlittenbahn des frostglän-
zenden Hügels hinunter. Er ging in seinen eisumkruste-
ten Stiefeln wie ein Mann auf vereisten Marmorplatten
des Fischhändlers; er wedelte mit seinem Sack wie mit
einem gefrorenen Kamelhöcker, bog taumelnd auf einem Fuß um die Ecke – und, Gott helfe mir, weg war
er!

KLEINER JUNGE

Erzähl lieber weiter von den Geschenken.

SELBST

Also, da gab es die nützlichen Geschenke: allesver-
schlingende Wolltücher aus der alten Kutschenzeit,
und Fäustlinge, die für Riesenfaultiere gestrickt waren;
Zebraschals aus einem Stoff wie seidener Kaugummi,
den man beim Kraftziehen so ausdehnen konnte,
daß sie einem bis auf die Galoschen reichten; weite
Wollmützen wie bunte Teewärmer, die einem über
die Augen fielen, daß man blind war; und echte Bären-
fellmützen mit ihren Kaninchenschwänzen, und Bala-
klavahelme, gerade groß genug für die Opfer von Kopf-
jägern, die ein Verfahren haben, Köpfe ganz klein

zusammenschrumpfen zu lassen. Dann gab es von Tanten, die immer ihre Wollsachen gleich auf der Haut trugen, wollene Unterwäsche mit Schnurrbärten und Pfeilen, so daß man sich wunderte, wieso diese Tanten überhaupt noch Haut hatten. Und einmal bekam ich auch einen kleinen gehäkelten Pferdefutterbeutel, von einer Tante, die leider nicht mehr unter uns wieherte. Und Bücher ohne Bilder, in denen kleine Jungen zwar mit vielen Zitaten gewarnt wurden, es ja nicht zu tun, aber dennoch auf Bauer Garges Teich eislaufen wollten und es auch wirklich taten und dabei ertranken; und Bücher, die mir Alles über die Wespe mitteilten, bloß nicht, warum es sie gibt.

KLEINER JUNGE
Erzähl jetzt lieber von den unnützen Geschenken.

SELBST
Am Heiligen Abend hängte ich ans Fußende meines Bettes Bessie Bunters schwarzen Strumpf, und jedes Mal nahm ich mir vor, die ganze mondhelle, schneehelle Nacht wachzubleiben, um zu hören, wie die Rentiere auf unserem Dach landen und der Stiefel mit seinem Weihnachtsgrün durch den Kaminruß herunterkommt. Aber bald wehte mir der Schneesand in die Augen, und obwohl ich den Kamin und das ganze flimmernde Zimmer anstarrte, wo der schwarze sackartige Strumpf hing, war ich doch eingeschlafen, bevor der Schornstein erzitterte und das Zimmer vor lauter Weihnachten rot und weiß wurde. Aber am Morgen, obwohl kein schmelzender Schnee aus dem Kamin auf dem Schlafzimmerboden lag, war doch der Strumpf gebläht und zum Überlaufen vollgestopft. Wenn du draufdrücktest, dann quiekte er wie eine Maus im Sack; er roch nach Mandarinen, ein kleiner, pelziger Arm hing oben drüber hinaus, wie der Arm eines Känguruhs aus seiner Mutter Bauchtasche. Wenn man den Strumpf in der Mitte hart drückte, dann schwabberte

etwas; wenn man ihn noch einmal drückte, dann schwabberte es wieder. Und man konnte durch das frostbekritzelte Fenster hinaussehen auf die große Einsamkeit des kleinen Hügels. Eine Amsel saß dort still im Schnee.

KLEINER JUNGE

Hats denn nichts Süßes zum Essen gegeben?

SELBST

Natürlich gab es Süßigkeiten zum Essen. Die Eibischteigbonbons waren es ja, die im Strumpf geschwabbert hatten. Und dann gab es saure Bonbons, Sahnebonbons, weichen Zuckerhonigteig, Lakritzen, Seidenbonbons, Nußschokolade, Eisbonbons, Marzipan und walisische Schottenbonbons für die Waliser. Und Truppen von Zinnsoldaten, die, wenn sie auch nicht kämpfen wollten, doch immer davonlaufen konnten, und Wettrennspiele mit Fallen für die ganze Familie. Und *leichte Bastelspiele für kleine Ingenieure*, komplett mit Gebrauchsanweisung. Ja, wirklich leicht für einen Leonardo da Vinci! Und eine Pfeife gabs, damit der Hund zu bellen beginnt, damit der alte Mann nebenan aufwacht, damit er mit seinem Stock an die Wand klopft, damit unser Bild von der Wand fällt. Und eine Schachtel Zigaretten! Man steckt sich einfach eine in den Mund und stellt sich an die Straßenecke und wartet umsonst stundenlang, daß eine alte Dame einen ausschimpft, weil man eine Zigarette raucht; und dann grinst man und ißt sie auf. Und ganz zuletzt, in der Zehe ganz unten im Strumpf, ein Sixpennystück, wie ein silbernes Hühnerauge. Und dann hinunter zum Frühstück unter den Luftballons!

KLEINER JUNGE

Hat es auch Onkels gegeben wie bei uns im Haus?

Zu Weihnachten gibt es immer Onkels. Dieselben Onkels! Und am Weihnachtsmorgen durchstöberte ich mit einer hundeaufstörenden Pfeife und mit Zuckerwerk die schneeumwickelte Stadt nach Neuigkeiten aus der kleinen Welt; und immer fand ich einen toten Vogel bei der weißen Bankfiliale oder bei den verlassenen Schaukeln. Vielleicht ein Rotkehlchen, und alle seine Feuer waren erloschen, bis auf eines, das immer noch rot auf seiner Brust brannte. Männer und Frauen warteten und schlapften und schaukelten aus Kirche und Bethaus zurück, mit Wirtshausnasen und windgeohrfeigten Wangen, lauter Albinos, die ihre steifen, schwarzen, kritzenden Federn gegen den unreligiösen Schnee gesträubt hatten. Mistelzweige hingen von den Gaskandelabern in allen Guten Stuben, es gab teelöffelweise Sherry und Walnüsse und Flaschenbier und Knallbonbons; und Katzen in ihren Gehpelzen bewachten die Kaminfeuer, und die hochgetürmten Feuer knisterten und spuckten und warteten auf die Kastanien und auf die Schürhaken. Etliche behäbige Männer saßen in den Guten Stuben und hatten ihre Kragen abgénommen; das waren fast sicher Onkels, die ihre neuen Zigarren ausprobierten, sie kritisch auf Armlänge von sich weghielten, wieder zum Mund zurückführten, husteten und sie dann wiederum von sich weghielten, als warteten sie auf die Explosion. Und einige wenige kleine Tanten, die in der Küche nicht erwünscht waren, übrigens auch sonst nirgends, saßen am äußersten Rand ihrer Stühle, saßen in Positur, spröde, voll Angst, zu zerbrechen, wie Tassen und Untertassen, denen die Farbe ausgegangen ist. Nicht viele Leute gingen an solchen Morgen durch die schneegepolsterten Straßen: aber immer ein alter Mann mit rehbraunem Melonenhut, gelben Handschuhen und um jene Jahreszeit mit Schneegamaschen; der machte seinen Gesundheitsspaziergang zur weißen Spielwiese hin und wieder zurück, bei jeder Witterung, vom Weihnachtstag bis zum Jüngsten Tag. Und manchmal gingen auch zwei frische, junge Männer mit großen brennenden Pfeifen, ohne Überrock, aber mit windgebauschtem Schal wortlos hinunter zur verlorenen See, um sich einen rechtschaffenen Appetit zu verschaffen, um den Rausch und die Weindünste loszuwerden, oder wer weiß, vielleicht auch, um in die Wellen hineinzugehen, bis nichts mehr von ihnen übrig sein würde als die zwei geringelten Rauchwolken ihrer unauslöschlichen Pfeifen.

KLEINER JUNGE
Warum bist du nicht nach Hause gegangen, zum Weihnachtsessen?

SELBST
Aber ich bin ja nach Hause gegangen. Ich bin immer nach Hause gegangen. Ich war grade auf dem Heimweg, Hals über Kopf; und der Bratengeruch von anderer Leute Weihnachtsessen, der Geflügelgeruch, der Brandy-, der Puddinggeruch stiegen mir alle zusammen in die Nasenlöcher; da plötzlich, aus einer schneeverbackenen Seitengasse kam ein Junge daher, ganz wie ich, mit einer Zigarette mit rosa Mundstück und mit dem violetten Andenken an ein blaues Auge im Gesicht, frech wie ein Distelfink, still vor sich hingrinsend. Ich haßte ihn auf den ersten Blick und Ton, und gerade als ich meine Hundepfeife an die Lippen führen und ihn damit vom Antlitz der Weihnachten einfach wegblasen wollte, setzte plötzlich er mit einem violetten Augenzwinkern *seine* Pfeife an *seine* Lippen und pfiff so durchdringend, so gellend, so unerhört laut, daß Glotzgesichter mit Backen voller Weihnachtsgans sich an ihre flitterbehangenen Fenster preßten, die ganze weiße widerhallende Straße lang!

KLEINER JUNGE
Was hast du zum Weihnachtsessen bekommen?

SELBST

Truthahn und brennenden Pudding.

KLEINER JUNGE

Wars gut?

SELBST

Nicht von dieser Welt!

KLEINER JUNGE

Was hast du nach dem Essen gemacht?

SELBST

Die Onkels saßen vor dem Feuer, nahmen ihre Kragen ab, knöpften sich alle Knöpfe auf, falteten ihre großen, feuchten Hände über ihren Uhrketten, ächzten ein wenig und schliefen ein. Die Mütter, Tanten und Schwestern huschten hin und her, mit Terrinen in der Hand. Der Hund übergab sich. Tantchen Beattie mußte drei Aspirin nehmen, aber Tantchen Hannah, die gern Port trank, stand mitten im verschneiten Hinterhof und sang wie eine Drossel mit schwellendem Busen. Ich blies gewöhnlich Ballons auf, um zu sehen, wie groß sie sich aufblasen ließen; und dann, wenn sie platzten, und sie platzten alle, dann sprangen die Onkels auf, und es rumpelte in ihrem Bauch. Am reichen, schweren Nachmittag, wenn die Onkels wie Delphine prusteten und der Schnee fiel, saß ich in der Guten Stube unter Girlanden und chinesischen Lampions, naschte und nagte an Datteln, versuchte ein Modellkriegsschiff zusammenzubasteln, wobei ich mich an die *Anweisungen für kleine Ingenieure* hielt, und dabei kam etwas heraus, was man vielleicht für eine Tramway halten konnte, die zur See fährt. Und dann, beim Weihnachtsnachmittagstee, hatten sich die Onkels erholt und waren fröhlich bei ihrem Weihnachtsgebäck. Und die große Torte mit ihrem Zuckerguß erhob sich mitten auf dem Tisch wie ein Marmormausoleum. Tantchen Hannah versetzte ihren Tee mit Rum, weil es doch nur einmal im Jahr sei. Und dann, am Abend, gab es Musik. Ein Onkel spielte die Fiedel, ein Vetter sang ›Reif wie süße Kirschen‹, und ein anderer Onkel sang ›Die Trommel des Admiral Drake‹. Es war sehr warm in dem kleinen Zimmer. Tantchen Hannah, die beim Rübenschnaps angelangt war, sang ein Lied von verschmähter Liebe und blutenden Herzen und Tod, und dann noch ein zweites Lied, in dem sie erklärte, daß ihr Herz wie ein Vogelnest sei, und dann lachten wieder alle, und dann ging ich zu Bett. Ich sah zu meinem Schlafzimmerfenster hinaus in den Mondschein und in den fliegenden, endlosen, rauchfarbigen Schnee, und ich konnte die Lichter in den Fenstern all der anderen Häuser auf unserem Hügel sehen und aus allen Häusern die Musik in die lange, gleichmäßig fallende Nacht aufsteigen hören. Ich drehte das Gaslicht niedrig, ich schlüpfte ins Bett. Ich sagte einige Worte zur engen, heiligen Finsternis, und dann schlief ich.

KLEINER JUNGE
Aber das hört sich alles an wie ganz gewöhnliches Weihnachten!

SELBST
Das wars auch.

KLEINER JUNGE
Weihnachten, als du ein kleiner Junge warst, war also gar nicht anders als Weihnachten jetzt?

SELBST
Doch, doch!

KLEINER JUNGE
Wieso war Weihnachten damals anders?

SELBST

Das darf ich dir nicht sagen.

KLEINER JUNGE

Warum darfst du es mir nicht sagen? Warum ist Weihnachten für mich anders?

SELBST

Das darf ich dir nicht sagen.

KLEINER JUNGE

Warum kann Weihnachten für mich nicht geradeso sein, wie es für dich war, als du noch ein Junge warst?

SELBST

Das darf ich dir nicht sagen … Das darf ich dir nicht sagen, weil jetzt Weihnachten ist.

Wie man Dichter wird

Ein Redakteur hat mich in einem Augenblick übergroßen Vertrauens aufgefordert, zu diesem Thema zu sprechen.

Denken Sie nur, was er alles statt dessen hätte vorschlagen können: Die Entfaltung der Verführungsszene bei Watts-Dunton; Charles Morgan, meine liebste Romanfigur; T. S. Eliot und die Dollarkrise; Der Einfluß von Stan Laurel und Oliver Hardy, und der Einfluß von Laurel auf Hardy. – Wie Fowler in seinem ›Englischen Sprachgebrauch‹ sagt: ›Was für Worte könnte man nicht gebrauchen, wären diese Themen nur zu erörtern und auf sie Bezug zu nehmen!‹ Aber wie ein angenagelter Schuster muß ich bei meinem Leisten bleiben.

Darf ich Ihnen sogleich klarmachen, daß ich in diesen informativ sein sollenden Notizen Dichtung nicht als Kunst oder Handwerk betrachte, als den rhythmisch-verbalen Ausdruck eines geistigen Bedürfnisses oder Dranges, sondern einzig und allein als Mittel zu einem gesellschaftlichen Zweck. Besagter Zweck besteht im Erlangen einer Stellung in der Gesellschaft, die genügend gefestigt ist, um es dem Dichter zu gestatten, jene Affektiertheiten der Rede, der Kleidung und des Benehmens, die im Anfang von so wesentlicher Bedeutung sind, abzulegen und auszumerzen; ferner in einem Einkommen, das groß genug ist, seine physischen Ansprüche zu befriedigen, wenn er nicht bereits dem Dichterübel, dem Großstadtwasserkopf, zum Opfer gefallen ist; und schließlich in der dauerhaften Sicherheit vor der Angst, noch weiterschreiben zu müssen. Ich gedenke nicht, die Frage zu stellen, geschweige denn zu beantworten: ›Ist Dichtung etwas Gutes?‹, sondern lediglich: ›Kann man das Dichten zu einem guten Geschäft machen?‹

Ich werde Ihnen zunächst – mit verschiedenen nötigen

oder unnötigen Anmerkungen – einige der Haupttypen von Dichtern vorstellen, die gesellschaftlich und finanziell ›angekommen‹ sind.

Als erster, wenn auch nicht der Wichtigkeit nach, kommt der Dichter, der mit dem Vermerk ›lyrisch‹ aus dem Staatsdienst hervorgegangen ist. Er zerfällt, was seine physische Erscheinung angeht, in zwei Typen: Er ist entweder dünn, um nicht zu sagen ausgelaugt wie ein verlebter Ziegenbock, mit Lippen, so wülstig, sinnlich und einladend wie die Legeröhre eines Huhns, ferner kahl, von allzu mannhafter Geburt an. Die Augen sind klein, verkniffen und gerötet, weil er als abstoßender Jüngling in einem Dachzimmer in der Provinz Bücher auf französisch las (eine Sprache, die er nicht versteht), die Stimme gleicht dem Geräusch einer Mäusekralle auf Silberpapier, die Nasenflügel sind durchsichtig, der Atem ist grau. Oder aber er ist hängebackig und struppig, mit geschwungener Pfeife und einer Nase voller Tabaksreste; aus seinen bierunterlaufenen Augen blickt ganz Sussex, seine rauhen Tweedanzüge riechen nach den Hunden, die er verabscheut; er hat eine Stimme wie ein gebildeter Airedaleterrier, der seine Vokale im Fernkursverfahren gelernt hat, und er ist ein intimer Freund Chestertons, den er nie kennengelernt hat.

Sehen wir nun, wie unser Mann es zu seiner gegenwärtigen beneidenswerten Position gebracht hat: der eines Dichters, für den das Dichten sich lohnt.

In den Staatsdienst ausgesetzt, in einem Alter, da viele unserer jungen Dichter jetzt zum Funk durchbrennen (was dem früheren Zur-See-Gehen entspricht), taucht er zuerst in den Bergen und Tälern von amtsschimmeligem Papier unter, die er in späteren Jahren so ätzend, obwohl mit schiefem, herbem Lächeln, mit einem einzigen Absatz in seinem Buch ›Um und über meine Regale‹ abtut. Nach ein paar Jahren beginnt er aus den Formularen und Akten, in denen er sein geordnetes, nagendes Dasein fristet, hervorzulugen, und mit seinen tintenbeklecksten Fingern hebt er hier eine Käserinde, dort ein bißchen fallengelassenen Unrat auf. Seine Ohren sind umheimlich sensitiv: er kann hören, wie eine Büroflucht weiter ein Schreibtisch frei wird. Und bald erfährt er, daß ein Gedicht im *Beamtenanzeiger*, wenn schon nicht ein Schritt die Stufenleiter hinauf, so doch ein Zungenlecken in der Richtung ist. Und er schreibt ein Gedicht. Es handelt natürlich von der Natur; es gesteht einen Wunsch, dem grauen Einerlei des Dienstablaufs zu entfliehen und sich das einfache Leben des Landarbeiters zu eigen zu machen; ihn verlangt danach, wenn auch ohne Krach, mit den Vögeln aufzustehen; er spricht die Ansicht aus, daß nicht eine Feder, sondern eine Pflugschar seinen kleinen Kräften am besten angemessen sei; als Pantheist fühlt er sich eins mit dem Bach, dem darauf reimenden Mühlendach, dem Mildmädchen und seinen rosigen Hinterbäckchen, dem Rattenfänger und seinen rotbraunen Backen, mit Schäfern, Schweinen, Piepern, Pippinäpfeln. Man riecht das Land in seinen Versen, die Felder, die Blumen, die Achselhöhlen des Triptolemos, man riecht Scheunen, Holzfeuer, Heu und vor allem Korn, immer wieder Korn. Das Gedicht wird veröffentlicht. Ein einziges lyrisches Zitat vom Anfang muß hier genügen:

> Die dröhnende Straße schweigt!
> Schweigt, sage ich?
> Ein Flügelschlag hat gezeigt,
> Was im Spinnweb der Zeit verblich.
> Still wie der Tod ist die Luft
> Über dem grauen Stein!
> Und über der Straßengruft
> Hör' ich – Schalmei'n!
> Eine Amsel hat noch gewußt,
> Was das Dunkel erhellt:
> Sie singt ihre perlende Lust
> Vom Londoner Himmelszelt.

Kurze Zeit nach Erscheinen des Gedichtes nickt ihm auf dem Korridor Hotchkiss vom Steueramt zu, selbst Wochenenddichter, Verfasser von zwei schmalen Bändchen, hat drei Zeilen im ›Who is Who der Dichter‹ oder im New-bolt-Kalender, ferner eine ehrgeizige Frau mit Ponyfrisur und V-Ausschnitt, die in der Kunstschulschlacht gekünstelt, geschult und geschlagen wurde, einen kleinen Wagen, der stets wie von selbst nach Sussex fährt – wie einst ein Pfarrgaul, ohne denken zu müssen, zur Dorfschenke trabte – und auf dem Schreibtisch eine unvollendete Monographie über den Einfluß des Dichters Blunden auf die Form der Baumhecke.

Hotchkiss ißt zu Mittag mit Sowerby vom Zoll, der wiederum eine literarische Persönlichkeit von Bedeutung ist: er hat seine eigene wöchentliche Artikelspalte im *Will o' Lincoln's Wochenblatt*, und sein Name erscheint in der Herausgeberliste für den Klub ›Meisterwerk des Halbmonats‹ (ermäßigte Exemplare an alle Schriftsteller, und Gesamtausgabe der Werke Mary Webbs für ein Viertel des Ladenpreises zu Weihnachten); und Hotchkiss bemerkt nebenbei: »Sie haben da einen recht vielversprechenden Mann in Ihrer Abteilung, Sowerby. Den jungen Cribbe. Ich hab da eine kleine Sache von ihm gelesen: ›Mein Bruder, der Brachvogel‹.« Und Cribbes Name zieht seine kleinen, dumpfen Kreise.

Als nächstes wird er gebeten, eine ganze *Gruppe* von Gedichten zu der von Hotchkiss zusammengestellten Anthologie ›Neue Flöten‹ beizusteuern, die Sowerby mit Worten hoher Anerkennung – ›Ein rares Talent für das nachklingende Wort‹ – im *Will o' Lincoln's* rezensiert. Cribbe schickt Exemplare der Anthologie (jedes einzelne mühsam mit der Widmung versehen: ›Dem größten lebenden englischen Dichter‹) zur Huldigung an zwanzig der langweiligsten Poeten, die immer noch auf ihren Hinterbeinen stehen. Manche der Widmungsexemplare werden bestätigt. Sir Tom Knight nimmt sich einige großzügige, wenn auch benebelte Augenblicke Zeit, um ein paar Zeilen auf einen Briefbogen mit eingeprägter Helmzier zu kritzeln, den er an sich nahm, als er bei einem kurzsichtigen, aber doch nicht gar so kurzsichtigen Lord zum ersten und unwiderruflich letzten Mal das Wochenende verbrachte. »Lieber Mr. Crabbe«, schreibt Sir Tom, »über Ihren kleinen Tribut habe ich mich gefreut. Ihr Gedicht ›Notturno mit Lilien‹ könnte neben Shanks bestehen. Nur so weiter, nur so weiter! Auf dem Parnassus ist Raum.« Die Tatsache, daß Cribbes Gedicht gar nicht ›Notturno mit Lilien‹ heißt, sondern ›Deliusklänge an einer Friedhofspforte‹, stört Cribbe nicht im geringsten; vielmehr legt er den Brief sorgfältig ab, nachdem er vorher die Haarschuppen weggeblasen hat, und liegt bald darauf in den Geburtswehen des Zusammenstellens seiner Gedichte zu einem Buch mit dem Titel: ›Hänfling und Spindel‹, gewidmet ›Clem Sowerby, dem Gärtner mit den fruchtbaren Fingern im Garten der Hesperiden‹.

Das Buch erscheint. Es findet einige wohlwollende Beachtung, besonders in Middlesex. Und Sowerby, zu bescheiden, es nach einer so gefälligen Widmung selbst zu rezensieren, rezensiert es unter einem anderen Namen. ›Dieser junge Dichter‹, schreibt er, ›ist nicht – und dafür sei ihm Lob und Dank – zu modernistisch, um der hellglänzenden Quelle seiner Inspiration Ehrerbietung zu erweisen. Cribbe wird seinen Weg machen.‹

Und Cribbe macht sich auf den Weg zu seinem Verleger. Ein Vertrag wird aufgesetzt, die Verlagsanstalt Nach & Nach verpflichtet sich, seinen nächsten Gedichtband herauszubringen, unter der Bedingung, daß sie das Vorkaufsrecht auf seine nächsten neun Romane hat. Er bringt es außerdem fertig, als gelegentlicher Lektor für die Verlagsanstalt Nach & Nach engagiert zu werden, und geht nach Hause, mit einem Paket unter dem Arm, das ein Buch über die *Entwicklung der Oxfordbewegung in Finnland* von einem Major i.R. enthält, sowie drei Tragödien in Blankversen über Maria Stuart von Schottland, und einen Roman mit dem Titel: *Morgen, Jennifer.*

Nun hat Cribbe bis zu diesem Vertrag nie daran gedacht, einen Roman zu schreiben. Aber unbekümmert um die Tatsache, daß er einen Menschen nicht vom andern unterscheiden kann – für ihn sind die Leute eine einzige trübe, graue Masse, mit Ausnahme von Zelebritäten und

Abteilungsvorgesetzten –, unbekümmert auch darum, daß er nicht das leiseste Interesse an dem hat, was sie tun oder sagen, außer insoweit das seine Karriere angeht, und daß der Spielraum seiner Phantasie so begrenzt ist wie der eines Eichhörnchens in einer Tretmühle, setzt er sich in Hemdsärmeln hin, lockert den Kragen, drückt das Kraut in den Pfeifenkopf und fängt an, ernstlich die Frage zu studieren, wie er am besten – ohne Vorbehalt – mit dem gewerbsmäßigen Schreiben von Romanen einen Erfolg erzielen kann. Er kommt bald zu dem Schluß, daß durch rauhbeinige Romane mit Titeln wie *Ich hab's verdient* oder *Zehn Cent der Wurf* nur kurzfristiger Absatz und kurzlebiger Ruhm erzielt wird; ebenso mit proletarischen Romanen über die Bekehrung halbseidener junger Aristokratentypen zum dialektischen Materialismus, vielleicht betitelt: *Rot ist der Regen, Alf*; und mit Romanen mit Titeln wie etwa *Pas de trois* über dunkle, leicht hinkende Männer, die Dick Conway heißen, und ihre Liebe zu zwei Frauen, der wollüstigen Ursula Mountclare und der kleinen, schüchternen Fay Waters. Und er sieht bald, daß nur ein äußerst geringer Absatz und nur Besprechungen in den exklusivsten Monatsheften mit denkbar begrenzter Auflage daraus resultieren könnten, wenn er einen Roman schriebe, von der Art wie: *Der innere Tierkreis*, von G. H. Q. Bidet, eine schonungslose Analyse der ideologisch-gedanklichen Konflikte, die sich aus den Beziehungen zwischen Philip Armour, einem internationalen impotenten Physiker, Tristram Wolf, einem bisexuellen Bildhauer, der in Teakholz arbeitet, und Philips jungfräulicher aber dynamischer kreolischer Frau Titania, einer Dozentin für Balkanwirtschaft, ergeben, und wie diese hochgradig sensitivierten Charaktere – so sehr sie den Geist des nachsartreschen Zeitalters atmen – eine tiefgreifende Synthese miteinander eingehen, während sie um des Zusammengehörigkeitsgefühls willen gemeinsam in einer UNESCO-Klinik arbeiten.

Cribbe ist nicht auf den Kopf gefallen und erkennt schon in den Anfangsstadien seiner Untersuchung, die ihn, mit Theodolit und Atmungsgerät bewaffnet, in die finstersten Winkel des Großantiquariats Foyle führt, daß man einen Roman schreiben muß, der einen stetigen, unsensationellen Absatz in der Provinz und in den Vororten gewährleistet und sich – für alle Geschmacksrichtungen – mit der Geburt, der Erziehung, dem wirtschaftlichen Auf und Ab, den Heiraten, Trennungen und dem Sterben von fünf Generationen einer Familie von Baumwollmaklern in Lancashire beschäftigt. Dieser Roman, das erfaßt er sofort, muß einen soliden, ruhigen Titel tragen, wie *Spindel, Spule und Haspel*. Und er geht ans Werk. Aus den Besprechungen von Cribbes erstem Roman etwa diese Auswahl: ›Hier verbindet sich fundiertes Können mit gediegener Charakterzeichnung.‹ ›Handlung in Hülle und Fülle.‹ ›Sie werden mit George Stetigmann, seiner Frau Muriel, dem alten Tobias Matlock (eine köstliche Vignette) und allen Bewohnern von Haus Webschütz genau so vertraut wie mit Ihrer eigenen Familie.‹ ›Diese starrköpfigen Menschen aus Englands Norden wachsen einem ans Herz.‹ ›Echt englisch wie der Regen in Manchester.‹ ›Mr. Cribbe ist ein Bullterrier.‹ Auf den Erfolg des Romans hin tritt Cribbe dem F. E. D. E. R.-Klub bei, hält einen Vortrag über die literarische Heimatlandschaft des frühen Brett Young und wird zum regelmäßigen Rezensenten, preist jeden zweiten Roman, den er bekommt, in den höchsten Tönen (›Seine Prosa schimmert‹) und lädt jeden dritten Romanschreiber zum Essen in den Servil-Klub ein, in den er vor kurzem als Mitglied gewählt wurde.

Als die ganze Trilogie erschienen ist, steigt Cribbe – wie der Abschaum, der obenauf bleibt – in den F. E. D. E. R.-Vorstand auf, nimmt an all den Gedächtnisfeierlichkeiten für Literaten teil, die zum ersten Mal seit fünfzig Jahren wirklich tot sind, zerreißt seinen alten Vertrag und unterschreibt einen neuen, bringt einen weiterer Roman heraus, der von der Buchgesellschaft ausgewählt wird, bekommt von der Verlagsanstalt Nach & Nach eine Stellung ›in beratender Eigenschaft‹ angetragen, die er annimmt, verläßt den Staatsdienst, kauft sich ein kleines Landhaus in

Buckinghamshire (›Man möchte nicht glauben, daß wir hier nur fünfzig Kilometer von London entfernt sind, wie? Sieh mal, alter Junge, der Haubentaucher dort.‹ Ein Star fliegt vorüber) und eine neue Sekretärin, die er später heiratet, weil sie blindschreiben kann. Dichten? Vielleicht ab und zu ein Sonett in der *Sunday Times*; von Zeit zu Zeit eine kleine Lyriksammlung (Gedichte waren doch meine erste Liebe, wissen Sie). Aber in Wirklichkeit schert er sich nicht mehr viel darum, obwohl es ihn dahin gebracht hat, wo er ist. Er hat es geschafft!

Und nun müssen wir uns für einen Augenblick einen ganz anderen Typ von Dichter ansehen, den wir Cedric nennen wollen. Um Cedrics Fußstapfen zu folgen (das würde er ganz reizend von Ihnen finden und würde nicht daran denken, einen Polizisten zu rufen, es sei denn, es wäre dieser schrecklich finstere Sergeant, den man manchmal am Mecklenburgh Square sieht, genau wie ein El Greco), müssen Sie zwielichtig in den Mittelstand hineingeboren sein, oder eine der richtigen Schulen besucht haben (was Sie natürlich verabscheuen müssen, denn es ist unbedingt erforderlich, von Anfang an mißverstanden zu sein), und wenn Sie dann auf der Universität anlangen, sollten Sie bereits Ihren Ruf als kommender Dichter begründet haben und womöglich so aussehen wie ein Mittelding zwischen einem Gardeoffizier und dem Sonnenjüngling eines Photographen. Sie werden vielleicht sagen: »Aber wie soll ich es anstellen, mit einem schon fertigen Ruf anzukommen, als ›Dichter, den man im Auge behalten muß‹?« (Das Dichter-Beobachten wird vielleicht in Zukunft ein genauso beliebter Sport sein wie heutzutage das Vögel-Beobachten. Und man kann sich sehr gut vorstellen, daß die Redaktionsbüros des *Dichterling* von der Nation aufgekauft und zur Schutzstätte erklärt werden.) Aber das ist eine Frage, die nicht in den Rahmen dieser nur allzu flüchtigen Notizen paßt, denn es muß angenommen werden, daß jeder, der den Wunsch verspürt, das Dichten berufsmäßig zu betreiben, noch immer gewußt hat, wie man das Zeug im Bedarfsfall produziert. Und außerdem war Cedrics Tutor am College der beste Freund seines Aufsichtslehrers. Hier also haben wir Cedric, bei den wenigen Urteilsfähigen bereits bekannt für seine feinempfundenen Gedichte von goldschimmernden Gliedern, sonnenfunkelnden Farnen und dem Ambrosia des ersten scheuen Kusses im zartgeschnitzten Filigran der Höhlen des Mondes (in Wirklichkeit die Stiefelkammer der Schule). Hier steht er, an der Schwelle des Ruhms, und ihm zu Füßen liegt hingebreitet die Welt, wie eine Strecke von Ballettomanen.

Wenn dies die zwanziger Jahre wären, dann hieße Cedrics erster Gedichtband (noch während seiner Studienzeit veröffentlicht) vielleicht ›Espen und Lauten‹. Die Gedichte wären voller Heimweh nach einem Leben, das es niemals gab. Sie wären weltmüde. (Er hat die Welt einmal durch ein Zugfenster gesehen: sie sah unwirklich aus.) Sie wären ein sorgfältig grelles Gemisch, ein geschickt an Gewesenes gemahnender Kuchen, voller Rosinen, die aus diesen und jenen angesehenen englischen Autoren und Dichtern herausgeklaubt sind, ein leicht kakophonisches Treibhaus voll exotischer Gewächse und komisch-erotischer Nippsachen, dem ich folgende typische Zeilen entnehme:

Ein Füllhorn phallischer Schnörkelgesten
Wellt herab an zinnoberroten Palästen,
Fabuliert in phantastischem Sirup-Tanz;
Quittenbrüstige Kirken, geschürzt wie Javanen,
Fangen den Regen kirschköpfiger Bananen
Und stampfen Sarabande unter dem Beerenglanz.

Nach einem kleinen Mißverständnis mit den Universitätsbehörden entschwand er in die Tonart Moll – ein gemachter Mann.

Wäre es in den dreißiger Jahren, so könnte der Band sehr wohl heißen: *Ich, Leuchtturm, warne* und würde aus einer von zwei Arten von Gedichten bestehen. Entweder es wären lange, laxe, leichthin-hingegossene Rhythmen, ersterbende Kadenzen und Bilder des sozialen Bewußtseins:

Unablässig hat der konspiratorische Winter
Den Bedürftigkeitsnachweis erbracht, jeder einzelne
Beraubte Zweig mußte seinen tragischen Werdegang
Belegen – doch nun:
Sieh! das glorreiche Knospen! frühlingsfroh wie ein
　　　　　　Arbeiterumzug
Bei der Eröffnung der neuen Turnhalle!
Sieh! die Vollbeschäftigung der Blüten!

Oder die Sammlung wäre gewagt voll von Straßenjargon
und schnoddrigen Redensarten, Schlagerfetzen, kipling-
schem Wortgeklingel, gedörrten Blues:

Wir sitzen im Dreck
Wie die Maden im Speck –
Was weiß ich, was gestern war: morgen die Katakombe –
Laß dir's gesagt sein, Baby,
Wer wird denn verzagt sein, Baby,
Wir sitzen auf 'ner dicken, schwarzen Bombe.

Soziales Bewußtsein! Das war das Motto. In endlosen Ge-
sprächen beim Kaffee – ›Adrian macht den besten Kaffee
auf dieser ganzen unzivilisierten Insel.‹ ›Sag mal, Rodney,
wo *kriegst* du bloß dieses köstliche rosa Gebäck?‹ ›Das ist
mein Geheimnis!‹ ›Ach, sag mir's doch, bitte! Ich geb dir
auch das Spezialrezept, das Basils alter Oberst aus Ceylon
mitgebracht hat, man braucht drei Pfund Butter und eine
Mangoschote‹) – redet er davon in den Uni-Ferien irgendwo hinzugehen, ›wo *wirkliches* Leben ist. Ich meine
aber auch wirklich. Zum Beispiel ins Rhondda-Tal, oder
irgend so eine Gegend. Ich meine, ich *weiß*, daß ich mich
dort wirklich orientiert fühlen würde. Ich meine, hier sta-
gniert alles so. Bücher, Bücher. Auf die Menschen kommt
es an. Ich meine, man muß die Kumpels kennen!‹ Und er
verbringt die großen Ferien bei Reggie in Bonn. Es folgt
ein Band politisch gefärbter Reiseplaudereien, dessen
Verheißung sich reichlich erfüllt, als er Jahre später als
Literarischer Sekretär der I. K. K. M. (Internationale
Kunstkammer von Morgen) auftaucht.

Wenn Cedric in den vierziger Jahren schriebe, wäre er vielleicht (so sehr, daß er den Strand vor lauter Sand nicht sehen könnte) in eine Art von apokalyptischer Eierpampe versenkt, und sein erster Band könnte heißen: *Rauschender Makrokosmos*, oder *Heliogabalus im Pfingstwunder*. Seine Gleichnisse durcheinandermischen, sein Klischee im Schlamm versenken, seine gestohlenen Symbole in schale Eselsmilch einweichen – das könnte Cedric so gut wie nur irgendeiner.

Als nächstes, London und das Rezensieren. Selbstverständlich das Rezensieren der Werke anderer Dichter. Das schlecht zu machen, ist einfach und finanziell lohnend, wenn auch nicht sofort. Das Vokabular, das ein gewissenhaft unehrlicher Rezensent von Gegenwartsdichtung lernen muß, ist begrenzt. Strömung natürlich, und Durchschlagskraft, Impasto, Bewußtsein, Zeitgeist, Einflußsphäre, im Stile von Auden, der späte Yeats, Übergangsperiode, Konstruktivismus, schematisch, genial eingesprengt – all das trägt zweifellos wesentlich dazu bei, das Lebenswerk eines jeden erwachsenen und verantwortungsbewußten Dichters kurz und bündig abzutun. Es gilt nur wenige Hauptregeln zu beachten: Wenn, sagen wir, zwei grundverschiedene Gedichtsammlungen miteinander verglichen werden, stelle man die eine gegen die andere, so als ob sie ursprünglich in reinem Wettbewerb miteinander geschrieben worden wären. ›Nach Mr. A.s subtilen, gespannten und geschlossenen dichterischen Kommentaren oder fast schon Epigrammen klingen Mr. B.s langatmige und sonore Schilderungen, bei all ihrer strukturellen Prachtentfaltung und schwingenden Orchestrierung, eigenartig hohl‹ ist ein Beispiel dieses überaus nützlichen und mühesparenden Kunstgriffs. Entscheiden Sie sich – mit aller Überlegung – für die standhafte Bewunderung eines bestimmten Dichters, ob Sie seine Gedichte nun mögen oder nicht; erheben Sie ihn zu Ihrem Privateigentum; patentieren Sie ihn; schaffen Sie sich mit ihm einen Platz an der Sonne. Bringen Sie seinen Namen ohne jeden Grund in Ihren Besprechungen an: ›Mr. E. ist leider ein Dichter, der sehr zur überschwenglichen Rhodomontade neigt (ganz im Gegensatz zu Hector Whistle).‹ ›Beim Lesen von Mr. D.s bewundernswerter, beschlagener, obwohl stellenweise holpriger Übersetzung sehnen wir uns nach der kühlen Inbrunst und der vollendeten Kunstfertigkeit Hector Whistles.‹ Achten Sie bei der Wahl Ihres Dichters darauf, nicht etwa zu wildern. Fragen Sie sich zuerst: ›Ist Hector Whistle schon von jemand anderem reserviert?‹

Lesen Sie alle anderen Besprechungen der Bücher, die Sie gerade besprechen wollen, ehe Sie selber ein Wort sagen. Zitieren Sie aus den Gedichten nur dann, wenn Sie in Zeitdruck sind; bei einer Besprechung sollte es um den Besprecher gehen, nicht um den Dichter. Hüten Sie sich davor, einen schlechten, aber reichen Dichter herunterzumachen, es sei denn, er ist als geizig bekannt, tot, oder in Amerika; denn es ist kein großer Schritt vom Rezensieren von Gedichten bis zum Herausgeben eines Magazins, und es ist gut möglich, daß der reiche, schlechte Dichter das Geld dafür hergibt.

Um zu Cedric zurückzukehren: nehmen wir an, daß er – auf Grund eines Vergleichs zwischen den Gedichten eines reichen jungen Mannes und denen Audens, zum Nachteil Audens – den Herausgeberposten bei einem neuen literarischen Magazin bekommen hat. (Unter Umständen bekommt er auch eine Wohnung. Wenn nicht, sollte er darauf bestehen, daß das neue Magazin über ein geräumiges Büro verfügt. Dann wohnt er dort.)

Cedrics erstes Problem ist, wie er die Sache nennen soll. Das ist nicht leicht, da die meisten der Namen, die überhaupt nichts bedeuten, was eine Grundvoraussetzung für den Erfolg des neuen Projekts ist, schon benutzt worden sind: – *Horizont, Polemik, Ernte, Karavelle, Saatkorn, Übergang, Jenseits, Fokus, Rundblick, Apokalypse, Arena, Circus, Kronos, Wegweiser, Wind und Regen,* – sie alle sind schon drangewesen. Können Sie Cedrics Gehirn brodeln hören? ›Vakuum‹, ›Vulkan‹, ›Limbo‹, ›Meilenstein‹, ›Volcano‹, ›Erkenntnis‹, ›Schisma‹, ›Daten‹, ›Brandstiftung‹.

Ja, er hats: ›Helldunkel‹. Und der Rest ist leicht: bloß noch redigieren.

Aber werfen wir noch ganz schnell einen Blick auf einige andere Methoden, das Dichten zu einem gutgehenden Unternehmen zu machen.

Das *Provinzler-Sturm* oder das Hie-Rimbaud-und-auf-sie-drauf-mit-Gebrüll!-Verfahren. Dies läßt sich nicht aus vollem Herzen empfehlen, da gewisse Vorbedingungen unerläßlich sind. Ehe Sie hinabstoßen und ins Zentrum der literarischen Tätigkeit platzen – und das heißt, wenn Sie sehr jung sind, die richtigen Kneipen, und später die richtigen Quartiere, und noch später die richtigen Klubs –, müssen Sie hinter sich einen namhaften Rumpfbestand (der Rumpf braucht nicht unbedingt einen Kopf) wilder und unverständlicher Gedichte haben. (Wie ich schon vorher sagte, ist es nicht meine Aufgabe, darzulegen, wie diese linkischen und wortreichen Ekstasen zuwegegebracht werden. Hart Crane stellte fest, daß er nur im Suff Sibelius hören mußte, um das Zeug in rauhen Mengen ausstoßen zu können. Einem Freund von mir, der seit seinem achten Lebensjahr an heftigen Kopfschmerzen leidet, fällt das Schreiben ohnehin so leicht, daß er sich Knoten ins Taschentuch machen muß, damit er daran denkt, aufzuhören. Es gibt viele Methoden, und wo ein Wille und leichtes Delirium ist, da ist auch ein Weg.) Und weiter muß dieser Dichter einen Durst und eine Konstitution wie ein salzfressendes Pony haben, eine Nilpferdhaut, grenzenlose Energie, gewaltige Einbildung, keinerlei Skrupel und – das ist das Allerwichtigste und kann gar nicht überschätzt werden – einen Wohnsitz in der Provinz, auf den er sich jedesmal zurückziehen kann, wenn er einen Nervenzusammenbruch hat.

Ich kann leider nur ganz schnell noch einige der übrigen Kategorien durchgehen.

Über den Dichter, der lediglich schreibt, weil er schreiben will, den es nicht tief bewegt, ob er veröffentlicht wird oder nicht, und der sich mit Armut und völligem Mangel an Anerkennung zu Lebzeiten abfinden kann, läßt sich hier nichts von irgendwelchem Wert sagen. Er ist kein Geschäftsmann. *Nachruhm zahlt sich nicht aus.*

Ferner zu erwähnen – und äußerst *un*empfehlenswert – sind die folgenden Spielarten:

Das Schreiben von Ulkversen, Klapphornreimen und so weiter. Großer Markt, aber wenig oder gar kein Verdienst.

Gedichte in Weihnachtsknallbonbons. Zu jahreszeitgebunden.

Gedichte für Kinder. Das bringt Sie und die Kinder um.

Nachrufe in Versen. Nur altbewährte Lieblingsfassungen werden benutzt.

Dichten als Mittel zur Erpressung (durch Langeweile). Gefährlich, denn der von Ihnen Erpreßte könnte Vergeltung üben, indem er Ihnen seine unvollendete Tragödie über den heiligen Bernhard: ›Die Reiseflasche‹ vorliest.

Und schließlich: *Gedichte an Klosettwänden.* Der Lohn ist rein psychologisch.

Ich danke Ihnen.

Die Nachgänger

Es war ein Winterabend, sechs Uhr. Dünner, trüber Regen spuckte und tröpfelte an den erleuchteten Straßenlaternen vorbei. Die Gehsteige leuchteten langgedehnt und gelb. In quiekenden Galoschen, mit hochgeschlagenen Regenmantelkragen und mit weinenden Melonenhüten und Filzhüten packten sich junge Männer aus den Büros heimwärts gegen den stichelnden Wind ...

»Nacht, Mr. Macey.«

»Gehst den selben Weg wie ich, Charlie?«

»Uh, was für ein Schweineabend!«

»Gute Nacht, Mr. Swan.« ...

und ältere Männer klammerten sich an die großen, schwarzen, kreisrunden Vögel von Regenschirmen, die über ihren Köpfen schwebten, und wurden davongetrieben, die gaslaternenerhellten Hügel hinauf, zu ihren sichern, heißen, hausschuhumstandenen, wetterfesten, heimischen Herden und Gattinnen, die Mutti genannt wurden, und alten, liebevollen Flohbeutelhunden und plappernden Radioapparaten.

Junge Frauen aus den Büros, die nach Parfüm und Puder und nassen Zwergkapuzen und Frauenhaar rochen, liefen kichernd Arm in Arm den zischenden Straßenbahnen nach und kreischten, wenn sie in den Pfützen, die unter Ölregenbogen zwischen den glitschigen Schienen lagen, ihre Strümpfe bespritzten.

In einem Schaufenster zogen zwei Mädchen die großen Puppen aus:

»Wohin gehst du heut abend?«

»Hängt von Arthur ab. So, da hast du sie!«

»Obacht auf ihre Hemdhöschen, Edna ...«

Und wieder ein Fenster, über das die Rollbalken niederrasselten.

Ein Zeitungsjunge stand in einem Haustor und rief mit ganz leiser Stimme für keinen Menschen die Nachrichten aus:

»Erdbeben, Erdbeben in Japan!«

Wasser aus einer Dachrinne tröpfelte auf seinen Zeitungssack. Er stand in seiner eigenen Regenlache.

Ein flaches, langes Mädchen trieb, sich leise in ihr Taschentuch schneuzend, aus einem Juwelierladen und zog langsam mit einer hakenbewehrten Stange die eisernen Rollbalken nieder. Sie sah im grauen Regen aus, als weinte sie vom Scheitel bis zur Zehe.

Ein stummer Mann und eine stumme Frau, schwarzgekleidet, trugen die großen Kränze, die vor ihrem Blumenladen hingen, hinein in das parfümierte tödliche Dunkel hinter den Schaufensterlampen. Dann gingen die Lampen aus.

Ein Mann, der einen Ballon an seine Mütze gebunden hatte, schob einen Karren, der mit einem Sackleichentuch verhüllt war, in eine tote Sackgasse.

Ein Baby mit uraltem Gesicht saß in seinem Kinderwagen vor den Weinkellergrüften still und sehr naß, und sah sich vorsichtig nach allen Seiten um.

Es war der traurigste Abend, den ich je erlebt hatte.

Ein junger Mann, den Arm um sein Mädchen, ging an mir vorbei und lachte. Und sie erwiderte sein Lachen, sie lachte schnurstracks in sein hübsches, unsympathisches Gesicht hinein. Das machte den Abend noch trauriger.

Ich traf Leslie Ecke Crimea Street. Wir waren beide ungefähr gleichaltrig: zu jung und zu alt. Leslie trug einen gerollten Regenschirm, den er nie benutzte, bloß manchmal drückte er damit auf Türklingeln. Er versuchte, sich einen Schnurrbart wachsen zu lassen. Ich trug eine karierte Schiebermütze windschief wie am Samstagabend. Wir begrüßten einander in aller Form:

»Guten Abend, altes Haus!«

»'n Abend, Leslie.«

»Pünktlich wie nur was, Junge!«

»Stimmt auffallend«, sagte ich. »Haargenau.«

Ein molliges, blondes Mädchen, das nach nassen Kaninchen roch und dem sogar der schauerliche Abend nicht das Gefühl seiner Weiblichkeit geraubt hatte, trippelte zierlich auf hohen Absätzen vorbei. Die Absätze klapperten, die Schuhsohlen spratzten.

Leslie pfiff hinter ihr her, leise und bewundernd.

»Erst das Geschäftliche«, sagte ich.

»Junge, Junge!« sagte Leslie.

»Und außerdem ist sie zu dick.«

»Ich mag sie gern üppig«, sagte Leslie, »weißt du noch, Penelope Bogan? Die war noch dazu eine verheiratete Frau.«

»Ach, komm schon endlich! Diese alte Schachtel aus dem Paradiesgäßchen! Wie stehn denn die Finanzen, Les?«

»Ein Shilling und ein Penny. Und du?«

»Halben Shilling.«

»Also wohin dann? Richtscheit und Zirkel?«

»Im Marlborough gibts gratis Käse dazu.«

Wir nahmen unseren Weg in Richtung Marlborough, wichen Regenschirmspeichen aus, wurden von unseren windknatternden Mänteln verprügelt; das dampfende Lampenlicht machte uns fleckig, und wir sahen den triefenden, windverwehten Abfall und das Straßentreibgut der Stadt, Papiere, Fetzen, Unrat, Rinden, Zigarettenenden und Pelzreste wehen und treiben und sich in den Gossen verneigen. Wir hörten die knochigen Straßenbahnen niesen und klappern und von der Bucht herauf ein Schiff tuten wie eine vom Nebel eingefangene Eule, und Leslie sagte:

»Was machen wir nachher?«

»Wir gehen wem nach«, sagte ich.

»Kannst dich noch an das Mädel oben in der Kitchener Street erinnern? Die ihre Handtasche fallen ließ?«

»Die hättest du zurückgeben sollen.«

»Es war doch nichts drin, bloß ein Stück Marmeladebrot.«

»Da wären wir«, sagte ich.

Die Schankstube des Marlborough war kalt und leer. An den feuchten Wänden hingen Aufschriften: »Singen nicht gestattet. Tanzen nicht gestattet. Glücksspiele nicht gestattet. Hausieren nicht gestattet.«

»Du, sing was«, sagte ich zu Leslie, »und ich tanz dazu, dann spielen wir Münzenhochwerfen, und ich geh mit meinen Hosenträgern hausieren.«

Die Bardame, mit goldenen Haaren und zwei goldenen Vorderzähnen wie ein wohlhabendes Kaninchen, hauchte ihre Nägel an und polierte sie an ihrer schwarzen Seidenbluse. Sie blickte auf, als wir hereinkamen, dann hauchte sie wieder ihre Nägel an und polierte sie hoffnungslos weiter.

»Man sieht, daß nicht Samstagabend ist«, sagte ich. »Abend, Fräulein! Zwei Seidel.«

»Und eine Pfundnote aus der Kasse«, sagte Leslie.

»Schick deinen Schilling her, Les«, flüsterte ich und sagte dann laut: »Man sieht gleich, daß nicht Samstagabend ist. Niemand kotzt.«

»Ist ja niemand zum Kotzen da«, sagte Leslie.

Die leberfarbige Schankstube mit ihren abblätternden Wänden sah aus, als sei nie in ihr getrunken worden. Und doch erzählten hier weitgereiste Vertreter Witze und tranken Whisky mit Soda mit fröhlichen bemalten Portwein-und-Zitronen-Damen; abgetakelte Stammgäste wurden hier in den Ecken groß und verschwommen, erfanden ihre Vergangenheiten, ihre Reichtümer, ihre Wichtigkeit und die vielen Lieben, die ihnen zuteil geworden waren. In Unehren ergraute Großmamas in mülleimerschwarzen Kleidern gackerten und schlürften; einflußreiche Niemande inspizierten die Welt. Jemand, der Ohrringe trug und Spitzen-Willi hieß, spielte auf dem verkrüppelten Piano, das wie ein Leierkasten unter Wasser klang, bis die naseweise Wirtsfrau sagte: »Nein.« Fremde kamen und gingen, vor allem gingen sie. Männer aus den Tälern kamen auf einen Sprung herein, um neun oder zehn Glas zu trinken; manchmal wurde geraucht, und immer war etwas los, irgendeine Diskussion, ein Kichern und Angeben, irgendeine Dummheit oder ein Schreck, eine Zuneigung, ein Knall und Fall, ein Streich, friedliche Zuflucht, oder irgendeine blinde Kuh, die da im Geist durch den weingeistgeschwängerten blauen Dunst dieses unbequemen, alltäglichen Nichts in der torkelnden Hinterwäldlerstadt am Ende der Eisenbahnstrecke ins Blaue flog. Aber an diesem Abend war es das traurigste Lokal, das ich je gesehen hatte.

Leslie sagte mit leiser Stimme: »Glaubst du, sie gibt uns noch eins auf Kredit?«

»Wart ein wenig, Junge«, flüsterte ich. »Wart erst, bis sie auftaut.«

Aber die Bardame hörte mich und sah auf. Sie sah glatt durch mich hindurch, durch meine kleine Lebensgeschichte zurück in das Bett hinein, in dem ich geboren war, dann schüttelte sie ihren goldenen Kopf.

»Ich weiß nicht, was das ist«, sagte Leslie, als wir im Regen die Crimea Street hinaufgingen, »aber ich fühl mich irgendwie deprimiert heut abend.«

»Heut ist der traurigste Abend in der ganzen weiten Welt«, sagte ich.

Wir blieben stehen, durchweicht und einsam, um uns die Bilder draußen vor dem Kino anzusehen, das wir den Juckzirkus nannten. Woche um Woche, seit ungezählten Jahren, hatten wir dort auf den Rändern der ungefederten Sitze gesessen, in der muffigen, aber behaglich glimmenden Dunkelheit, erst mit Lakritze und Erdnüssen, die knackten, um die Revolver auf der stummen Leinwand mit Geräuschen zu versehen, und dann später mit Zigaretten, einer ganz billigen Sorte, die einen Feuerfresser gereizt hätte, die Asche und Schlacke seines Herzens auszuhusten. »Gehn wir doch hinein und schaun wir uns Lon Chaney an«, sagte ich, »und Richard Talmadge und Milton Sills und … und Noah Beary«, sagte ich, »und Richard Dix … und Slim Summerville und Hoot Gibson.«

Wir seufzten beide.

»Ach, unsere entschwundene Jugend!« sagte ich.

Schweren Schrittes gingen wir weiter und spritzten dabei geschickt die Vorübergehenden an.

»Warum spannst du deinen Schirm nicht auf?« fragte ich.

»Er geht nicht auf. Versuch mal.«

Wir versuchten beide, und plötzlich bauschte sich der Regenschirm auf, die Speichen brachen durch den triefenden Bezug, der Wind ließ die Fetzen auftanzen; das Wrack wand sich über uns im Wind wie ein vertilgter mathematischer Vogel. Wir versuchten, ihn zusammenzufalten, aber eine bis dahin unsichtbare Speiche sprang aus seinen zerfetzten Rippen hervor. Leslie schleifte ihn hinter sich her über den Gehsteig, als hätte er ihn totgeschossen.

Ein Mädchen namens Dulcie, das unterwegs in den Juckzirkus war, kicherte »Hallo«. Wir hielten sie an.

»Eben ist etwas ziemlich Furchtbares passiert«, sagte ich zu ihr. Sie war so dumm, daß sie sogar noch im Alter von fünfzehn Jahren, als wir ihr erzählt hatten, daß ihr Strohhaar sich zu Locken ringeln würde, wenn sie Seife äße, und Leslie ihr ein Stück aus dem Badezimmer brachte, es wirklich aß.

»Ich weiß schon«, sagte sie. »Ihr habt euren Schirm zerbrochen.«

»Nein, da irrst du dich«, sagte Leslie. »Es ist gar nicht *unser* Schirm. Dieser Schirm da ist vom Dach gefallen. Greif ihn mal an«, sagte er. »Du kannst doch spüren, daß er vom Dach gefallen ist.« Sie faßte den Regenschirm vorsichtig am Griff an.

»Da ist irgendwer dort oben auf dem Dach und wirft Regenschirme herunter«, sagte ich. »Das kann etwas sehr Ernstes sein.«

Sie begann zu kichern, wurde dann aber still und ängstlich, als Leslie sagte: »Man kann nie wissen. Als nächstes wirft er vielleicht Spazierstöcke herunter.«

»Oder Nähmaschinen«, sagte ich.

»Du wart hier, Dulcie, und wir sehn mal nach, was los ist«, sagte Leslie.

Wir gingen hastig, aber vorsichtig an der Mauer entlang, bogen um eine wind- und regenumwehte Ecke, dann rannten wir davon.

Vor Rabiottis Café sagte Leslie: »Das ist nicht fair gegen Dulcie.« Wir erwähnten sie nie wieder.

Ein nasses Mädchen streifte uns. Ohne ein Wort folgten wir ihr. Sie galoppierte langbeinig durch die Inkerman Street und durch die Paradies-Passage. Wir blieben ihr auf den Fersen.

»Ich frage mich, was das für einen Sinn hat, Leuten nachzugehen«, sagte Leslie, »es ist doch irgendwie dumm. Es kommt nie was dabei heraus. Alles, was man tut, ist, daß man ihnen nach Hause nachgeht und dann versucht, zum Fenster hineinzusehen, was sie machen. Und meistens sind ohnehin Vorhänge vor. Ich wette, außer uns macht niemand sowas.«

»Kannst du nie wissen«, sagte ich. Das Mädchen bog in die St. Augustus Crescent ein, und die sichelförmig gebogene Gasse war ein einziger, weiter, lampenerhellter Dunst. »Irgendwelche Leute gehen immer andern Leuten nach. Wie wollen wir sie denn nennen?«

»Hermione Weatherby«, sagte Leslie. Er fand immer richtige Namen. Hermione hatte etwas Feenhaftes und Sehniges, sie schritt wie eine hochgewachsene Turnlehrerin mit einem Herz voller Liebe durch den stechenden Regen.

»Man kann nie wissen. Man kann nie wissen, was man herausfindet. Vielleicht wohnt sie in einem riesigen Haus mit allen ihren Schwestern –«

»Wieviel?«

»Sieben. Und alle voller Liebe. Und wenn sie heimkommt, dann ziehen sie sich alle um und ziehen Kimonos an und liegen auf Diwans, und die Musik spielt, und sie flüstern einander zu; und alles, was sie tun, ist, auf jemanden wie uns zu warten, daß er sich im Regen verirrt und in ihr Haus hineinkommt, und dann werden sie alle rund um uns schwatzen wie die Stare und auch uns Kimonos anziehen, und wir werden nie mehr herauskommen, bis ans Ende unserer Tage. Vielleicht ist es so schön und weich und lärmend wie ein warmes Bad voller Vögel ...«

»Ich will aber keine Vögel in meinem Bad haben«, sagte Leslie. »Vielleicht schneidet sie sich den Hals durch; wenn sie bloß nicht die Vorhänge vorziehen. Ist mir ganz egal, was geschieht, wenns nur interessant ist.«

Sie plitschplatschte um eine Ecke in eine Allee, wo säuberliche Bäume seufzten und weinten und behagliche Fenster leuchteten.

»Ich will keine ekligen Vogelfedern im Bad haben«, sagte Leslie. Hermione ging zur Tür Nr. 13 hinein, Villa Strandblick.

»Jaja, den Strand kann man schon erblicken«, sagte Leslie, »wenn man ein Periskop hat, damit man über die Häuser wegsehen kann.«

Wir warteten auf dem gegenüberliegenden Gehsteig unter einer rülpsenden Gaslaterne, bis Hermione die Haustür geöffnet hatte; dann schlichen wir auf Zehenspitzen hinüber, den Kiesweg entlang hinters Haus, wo wir ein Fenster ohne Vorhang fanden.

Hermiones Mutter, eine rundliche, freundliche, eulenhafte Frau in einer Schürze, schüttelte eben eine Pfanne mit Kartoffelpuffern auf dem Küchenherd, daß die Puffer hüpften und sich auf die andere Seite drehten.

»Ich hab Hunger«, sagte ich.

»Ssst!«

Wir schlichen uns von der Seite her an das Fenster an, eben als Hermione in die Küche kam. Sie war alt, vielleicht sogar schon fast dreißig; und sie hatte mausbraune Haarfransen und große, ernste Augen. Sie trug eine Hornbrille und ein vernünftiges Tweedkostüm und ein weißes Hemd mit einer strengen Fliege am Kragen. Sie sah aus, als versuche sie wie eine Sekretärin in gewissen Filmen auszusehen, die nur ihre Brillen abnehmen und ihr Haar schöngemacht haben und herausgeputzt werden muß wie ein seidener Sonntagsbraten, um zu einer Herzensbrecherin zu werden und ihren Chef, den Filmstar Warner Baxter, dazu zu veranlassen, sich zu verschlucken, vor ihr auf die Knie zu fallen und sie zu heiraten. Aber wenn Hermione ihre Brille abgenommen hätte, dann hätte sie nicht mehr sagen können, ob es Warner Baxter war oder der Mann, der die Gasuhr ablesen kam.

Wir standen so nahe am Fenster, daß wir die Kartoffelpuffer zischen und spucken hören konnten.

»Hast einen guten Tag im Büro gehabt, Kindchen? Nein, so ein Wetter«, sagte Hermiones Mutter und quälte die Kartoffelpuffer in der Pfanne.

»Wie heißt denn *die*, Les?«

»Hetty.«

Alles in dieser warmen Küche, angefangen von der Teebüchse und von der alten Uhr bis zur scheckigen Katze, die schnurrte wie ein summender Kessel, war gut, langweilig und solide.

»Mr. Truscott war wieder schrecklich«, sagte Hermione und zog dabei ihre Hausschuhe an.

»Wo ist ihr Kimono?« sagte Leslie.

»Da hast du eine gute Tasse Tee«, sagte Hetty.

»Alles ist gut in diesem alten Loch«, sagte Leslie mürrisch. »Wo sind die sieben Schwestern wie junge Stare?«

Es begann noch viel stärker zu regnen. In Eimern kam es herunter auf den schwarzen Hinterhof und auf die kleine, behagliche Hundehütte von Haus, und auf uns, und auf die versteckte, verstummte Stadt, wo gerade in diesem Augenblick im sicheren Port des Marlborough das Unterwasserleierkastenpiano das Lied ›Daisy‹ anblechen und die fröhlichen, rotbemalten Weiber in ihren Portwein hineinquieken würden.

Hetty und Hermione aßen ihr Abendbrot. Zwei ertrunkene Knaben beobachteten sie neiderfüllt.

»Tu einen Tropfen scharfe Tunke auf die Kartoffelpuffer«, flüsterte Leslie, und, bei Gott, sie tat es wirklich!

»Ist denn nirgendswo was los?« sagte ich, »nirgends auf der ganzen weiten Welt? Ich glaube, was jeden Sonntag in *News of the World* steht, das ist alles glatt erfunden! Es bringt überhaupt niemand mehr wen um. Es gibt keine Laster mehr, keine Liebe, keinen Tod, keine Perlen, keine Scheidungen, keine Nerzmäntel und überhaupt nichts mehr; nicht einmal, daß jemand Rattengift in den Kakao streut ...«

»Warum schalten sie nicht wenigstens Musik für uns ein«, fragte Leslie, »oder tanzen miteinander? Die haben doch auch nicht jede Nacht zwei Männer draußen im Regen stehn, die ihnen zusehn. Oder was glaubst du?«

In der ganzen tropfenden Stadt hockten kleine verlorene Leute, die nirgendwo hinzugehen und kein Geld auszugeben hatten, im Regen vor nassen Fenstern, aber nirgends geschah etwas.

»Ich krieg Lungenentzündung«, sagte Leslie.

Die Katze und das Feuer schnurrten, die Großvateruhr tickte und tackte unser Leben weg. Das Abendbrot war abgeräumt, und Hetty und Hermione, die schon seit vielen Minuten nicht einmal miteinander gesprochen hatten, so zuversichtlich und behaglich fühlten sie sich in ihrer kleinen erleuchteten Kiste, sahen einander jetzt an und begannen langsam zu lächeln.

Sie standen still in der wohlanständigen, schnurrenden Küche und sahen sich an.

»Jetzt wird was Merkwürdiges geschehn«, flüsterte ich leise.

»Jetzt fängts an«, sagte Leslie.

Den sauren, prasselnden Regen bemerkten wir nicht mehr.

Das Lächeln blieb auf den Gesichtern der beiden stillen, schweigenden Frauen.

»Jetzt fängts an!«

Und wir hörten Hetty mit dünner, geheimnisvoller Stimme sagen: »Hol doch das Album hervor, Kindchen.«

Hermione öffnete einen Wandschrank, holte ein großes Photoalbum mit steifem Deckel heraus und legte es mitten auf den Tisch. Dann setzten sie und Hetty sich an den Tisch, nebeneinander, und Hermione schlug das Album auf.

»Das ist Onkel Eliot, der in Porthcawl gestorben ist; weißt du, der den Krampf gehabt hat«, sagte Hetty.

Sie sahen Onkel Eliot liebevoll an, aber wir konnten ihn nicht sehen.

»Und das ist Martha, die das Wollgeschäft gehabt hat, an die kannst du dich unmöglich erinnern, Kindchen. Für die gabs immer nur Wolle, Wolle, Wolle und wieder Wolle. Sie wollte in ihrem Wollpullover begraben werden, im lilafarbigen, aber ihr Mann, der hat das nicht zugelassen. Der wußte, was er wollte. Der war früher in Indien! – Und das ist dein Onkel Morgan«, sagte Hetty, »einer von den Morgans aus Kidwelly, weißt du? Kannst du dich noch erinnern an ihn, damals, wie der Schnee war?«

Hermione blätterte um. »Und das ist Myfanwy, weißt du noch, die plötzlich so komisch geworden ist. Gerade als sie beim Melken war.«

»Das ist dein Vetter Jim, der Pfarrer war – bis sie ihm draufgekommen sind! Und das ist unsere Beryl«, sagte Hetty.

Aber sie sprach die ganze Zeit wie jemand, der etwas hersagt, das er gelernt hat, das er gerne gelernt hat und auswendig kann.

Wir wußten, daß sie und Hermione nur warteten.

Dann blätterte Hermione abermals um, und wir sahen an ihrem geheimnisvollen Lächeln, daß es das war, worauf sie gewartet hatten.

»Meine Schwester Katinka«, sagte Hetty.

»Tantchen Katinka!« sagte Hermione. Sie beugten sich über das Photo.

»Weißt du noch, damals in Aberystwyth, Katinka?« sagte Hetty leise. »Als wir mit dem Gesangverein den Ausflug gemacht haben?«

»Ich hab mein neues, weißes Kleid angehabt«, sagte eine neue Stimme.

Leslie umklammerte meine Hand.

»Und einen Strohhut mit Vögeln«, sagte die helle, neue Stimme.

Hermione und Hetty bewegten ihre Lippen.

»Ich hab immer gern Vögel auf dem Hut gehabt. Nur

die Federn natürlich. Es war der dritte August, und ich war dreiundzwanzig.«

»Erst im Oktober warst du dreiundzwanzig, Katinka«, sagte Hetty.

»Ganz recht, mein Herz«, sagte die Stimme. »Ich war ein Skorpion. Und wir haben Douglas Pugh auf der Prom getroffen, und er hat gesagt: ›Du siehst heute aus, Katinka, wie eine Königin‹, hat er gesagt. ›Du siehst aus wie eine Königin, Katinka‹, hat er gesagt. Warum schauen diese zwei Jungen zum Fenster herein?«

Wir rannten den Kiesweg entlang und ums Hauseck und in die Allee hinein und hinaus, die St. Augustus Crescent entlang. Der Regen brüllte hernieder, um die Stadt zu ertränken. Wir blieben stehen und schnappten nach Luft. Wir sprachen nicht, wir sahen einander auch nicht an, dann gingen wir weiter durch den Regen. An der Viktoriaecke blieben wir wieder stehen.

»Gute Nacht, altes Haus«, sagte Leslie.

»Gute Nacht«, sagte ich.

Und wir gingen unserer verschiedenen Wege.

Eine Geschichte

Wenn man es eine Geschichte nennen kann. Sie hat keinen rechten Anfang oder Schluß, und in der Mitte ist auch sehr wenig. Das Ganze dreht sich um einen Tagesausflug im Kremser nach Porthcawl, und es passierte, als ich erst so groß war und viel netter als heute.

Ich war damals bei meinem Onkel und seiner Frau zu Besuch. Obwohl sie meine Tante war, war sie für mich nie etwas anderes als die Frau meines Onkels; teils, weil er so groß war und so laut herumtrompetete und so rothaarig war und jeden Zoll des heißen kleinen Hauses ausfüllte wie ein alter Büffel, der in einen Wäscheschrank eingesperrt ist, und teils, weil sie selbst so klein und flink und seidig war und nicht das leiseste Geräusch verursachte, wenn sie auf gepolsterten Pfötchen umherhuschte und die Porzellanhunde abstaubte, den Büffel fütterte und die Mausefallen aufstellte, in denen sie sich niemals fing; und war sie erst einmal aus dem Zimmer geschlüpft, um in einem Winkel zu piepsen oder auf dem Heuboden zu knabbern, dann vergaß man, daß sie je dagewesen war.

Aber er, er war immer da: ein dampfender Schiffsbauch von einem Onkel stand er in seinen Hosenträgern, die sich wie Trossen spannten, hinter dem Verkaufstisch des winzigen Ladens vorn im Haus eingezwängt und atmete wie eine Blaskapelle; oder er saß saufend und polternd in der Küche über seinem saftigen Abendessen – ein Mann, der für alles zu groß war, außer für die großen schwarzen Boote seiner Stiefel. Je mehr er aß, desto kleiner wurde das Haus; er wogte über die Möbel hinaus; die grellbunt karierte Wiese seiner Weste war, wie nach einem Picknick, mit Zigarettenstummeln bedeckt, mit Pellen, Kohlblattstengeln, Geflügelknochen, Soße; und der Waldbrand seines Haares knisterte zwischen den von der Decke baumelnden Schinken. Sie war so klein, daß sie ihn nur schlagen konnte, wenn sie auf einem Stuhl stand, und jeden Samstagabend um halb elf nahm er sie unter einen Arm und hob sie auf einen Stuhl in der Küche, damit sie ihm das Erstbeste auf den Kopf schlagen konnte, das ihr zur Hand kam, und das war immer ein Porzellanhund. Sonntags, und wenn er beduselt war, sang er in einem hohen Tenor, und er hatte schon viele Pokale gewonnen.

Von dem alljährlichen Ausflug hörte ich zum ersten Mal, als ich eines Abends auf einem Sack Reis hinter dem Ladentisch hockte, unter einer der Bauchfalten meines Onkels, und eine Anzeige für ein Schaf-Bad las, den einzigen Lesestoff, den es gab. Der ganze Laden war voll von meinem Onkel, und als Mr. Benjamin Franklyn, Mr. Weazley, Noah Bowen und Willi der Wächter kamen, dachte ich, der Laden würde platzen. Es war, als ob wir alle in einer Schublade steckten, die nach Käse und Terpentin und nach Kautabakrollen und süßen Keksen und Schnupftabak und Weste roch. Mr. Benjamin Franklyn sagte, er habe genügend Geld für den Kremser und zwanzig Kisten Hellbier beisammen, und obendrein noch je ein Pfund Sterling pro Kopf; das werde er unter die Ausflügler verteilen, wenn sie das erste Mal zur Erfrischung einkehrten, und er habe es satt bis obenhin, daß Willi der Wächter ihm dauernd hinterherlaufe.

»Den ganzen Tag, wo ich auch hingehe«, sagte er, »kommt er mir nachgezottelt wie ein einäugiger Collie. Ich hab selber einen Schatten *und* einen Hund. Ich brauch keinen Hinz oder Kunz, der mich mit seinem dreckigen Wollschal verfolgt.«

Willi der Wächter wurde rot und sagte: »Das ist nur Öl. Ich habe ein Fahrrad.«

»Man hat schon überhaupt kein Privatleben mehr«, redete Mr. Franklyn weiter. »Ich sag euch, er bleibt mir so dicht auf der Pelle, ich trau mich nicht mal, hinten aus dem Haus zu treten, sonst sitz ich ihm womöglich auf dem Schoß. Mich wundert bloß, daß er mir nachts nicht auch ins Bett nachsteigt.«

»Frau läßt mich nicht«, sagte Willi der Wächter.

Und das brachte wieder Mr. Franklyn in Fahrt, und alle versuchten, ihn zu besänftigen, indem sie sagten: »Mach dir nichts aus Willi dem Wächter« ... »Meint's nicht bös, der alte Will' ... Er hat nur ein Auge aufs Geld, Benjie.«

»Bin ich vielleicht nicht ehrlich?« fragte Mr. Franklyn ganz erstaunt. Eine Zeitlang gab niemand Antwort, dann sagte Noah Bowen: »Du weißt doch, wie unser Ausschuß ist. Seit der Geschichte mit Bob dem Langfinger ist ihnen ein neuer Kassenwart nie mehr ganz geheuer.«

»Na, denkt ihr, *ich* gieß mir die Ausflugsgelder hinter die Binde, wie damals Bob der Langfinger?« sagte Mr. Franklyn.

»Du *könntest* ...« sagte mein Onkel langsam.

»Ich trete zurück«, sagte Mr. Franklyn.

»Nee, nicht mit unserem Geld«, sagte Willi der Wächter.

»Wer hat Dynamit in den Lachsteich geworfen?« sagte Mr. Weazley, aber niemand achtete auf ihn. Und nach einer Weile fingen sie alle an, im dichterwerdenden Dämmer des heißen, käsigen Ladens Karten zu spielen, und jedes Mal, wenn mein Onkel gewann, blähte er sich und trompetete, und Mr. Weazley brummelte wie eine Baggermaschine, und ich sank auf der soßeduftenden Bergwiese der Weste meines Onkels in Schlummer.

Am Sonntagabend nach der Andacht in der Kapelle kam Mr. Franklyn in die Küche, wo mein Onkel und ich Sardinen mit dem Löffel aus der Büchse aßen, weil Sonntag war und seine Frau uns nicht Dame spielen ließ. Sie war auch irgendwo in der Küche. Vielleicht steckte sie in der alten Standuhr und hing an einem der Gewichte und atmete. Dann, eine Sekunde später, ging wieder die Tür auf, und Willi der Wächter schob sich ins Zimmer und drehte seinen harten Hut in den Händen. Er und Mr. Franklyn setzten sich auf das Kanapee: steif und eingemottet und schwarz saßen sie da in ihren Andachts- und Begräbnisanzügen.

»Ich habe die Liste mitgebracht«, sagte Mr. Franklyn.

»Jeder Teilnehmer hat voll bezahlt. Frag nur Willi den Wächter.«

Mein Onkel setzte seine Brille auf, wischte sich seinen bärtigen Mund mit einem Taschentuch, das so groß war wie eine Landesfahne, legte seinen Sardinenlöffel hin, ergriff Mr. Franklyns Namensliste, nahm die Brille ab, um lesen zu können, und hakte dann einen Namen nach dem anderen ab.

»Enoch Davies. In Ordnung. Schön. Der hat Fäuste. Man kann nie wissen. Der kleine Gerwain. Sehr klangvoller Baß. Mr. Cadwalladwr. Recht so. Der weiß besser als meine Uhr, wann die Kneipen aufmachen. Mr. Weazley. Natürlich. War schon in Paris. Schade, daß er den Kremser so schlecht verträgt. Voriges Jahr mußten wir zwischen dem *Bienenkorb* und dem *Roten Drachen* neunmal stehenbleiben seinetwegen. Noah Bowen, ah, sehr friedlich. Zunge wie ein Turteltäubchen. Mit Noah Bowen gibts niemals Streit. Jenkins Loughor. Darf man bloß nicht auf Ökonomie bringen. Hat uns ein Schaufenster gekostet. Und zehn Maß Bier für den Polizeisergeanten. Mr. Jervis. Sehr ordentlich.«

»Er hat damals versucht, ein Schwein in den Kremser zu laden«, sagte Willi der Wächter.

»Leben und leben lassen«, sagte mein Onkel.

Willi der Wächter wurde rot.

»Sindbad der Seefahrerschenkwirt. Mit dem muß man auf gutem Fuß bleiben. Der alte O. Jones.«

»Warum den alten O. Jones«, sagte Willi der Wächter.

»Der alte O. Jones kommt immer mit«, sagte mein Onkel.

Ich sah vor mich auf den Küchentisch. Die Büchse Sardinen war verschwunden. Teufel, sagte ich im stillen, Onkels Frau ist wirklich schnell wie der Blitz.

»Cuthbert Johnny Fortnight. Also, das ist eine Nummer«, sagte mein Onkel.

»Er pfeift den Frauen nach«, sagte Willi der Wächter.

»Du auch«, sagte Mr. Franklyn, »in Gedanken.«

Schließlich genehmigte mein Onkel die ganze Liste, nur

bei einem Namen stockte er und sagte: »Wenn wir keine christliche Gemeinde wären, dann würden wir diesen Bob Langfinger ins Meer werfen.«

»Das können wir in Porthcawl machen«, sagte Mr. Franklyn, und kurz darauf ging er, Willi der Wächter nur einen Zoll weiter hinter ihm her, und ihre sonntagsglänzenden Stiefel quietschten auf den Küchenkacheln.

Und dann stand plötzlich meines Onkels Frau vor der Kommode, mit einem Porzellanhund in der einen Hand. Teufel, sagte ich wieder im stillen, hat man je so eine Frau gesehen, wenn sie überhaupt eine ist. Die Lampen in der Küche waren noch nicht angezündet, und sie stand in einem Wald von Schatten, und die Teller hinter ihr auf der Kommode glänzten wie rosa und weiße Augen.

»Wenn du am Sonntag auf diesen Ausflug gehst, Mr. Thomas«, sagte sie zu meinem Onkel in ihrer kleinen, seidigen Stimme, »dann geh ich nach Haus zu meiner Mutter.«

Heiliger Bimbam, dachte ich, eine Mutter hat sie auch noch! Na, dem kahlen Mausemuttel von hundertundfünf möchte ich nicht in einer dunklen Gasse begegnen.

»Entweder ich oder der Ausflug, Mr. Thomas.«

Ich hätte mich auf der Stelle entschieden, aber es dauerte fast eine halbe Minute, bis mein Onkel sagte: »Also gut, Sarah, dann wähl ich den Ausflug, mein Schatz.« Er nahm sie unter den einen Arm, hob sie auf einen Küchenstuhl, und sie schlug ihm den Porzellanhund auf den Kopf. Dann hob er sie wieder herunter, und dann sagte ich Gute Nacht.

Während der restlichen Woche flitzte meines Onkels Frau still und flink mit ihrem fliegenden Staubwedel durchs Haus, mein Onkel blähte sich und trompetete und schwoll, und ich war vollauf damit beschäftigt, nichts Gutes im Schilde zu führen. Und dann zur Frühstückszeit am Samstagmorgen, dem Morgen des Ausflugs, fand ich einen Zettel auf dem Küchentisch. Darauf stand: »In der Speisekammer sind Eier. Zieh die Stiefel aus, bevor Du ins Bett gehst.« Meines Onkels Frau war gegangen, schnell wie der Blitz.

Als mein Onkel den Zettel sah, zupfte er seine Fahne von

Taschentuch heraus und blies einen solchen Trompeten-sturm, daß die Teller auf der Kommode erzitterten. »Je-des Jahr dasselbe«, sagte er. Und dann sah er mich an. »Aber dieses Jahr ist es anders. Denn jetzt wirst auch *du* auf den Ausflug mitkommen müssen, und was die andern dazu sagen werden, das wag ich gar nicht zu denken.«

Der Kremser fuhr draußen vor, und als die Ausflugs-teilnehmer meinen Onkel und mich sahen, wie wir uns beide zugleich aus dem Laden drückten, beide wie von der Katze geleckt und gebürstet, in unserem schönsten Sonntagsstaat, da knurrten sie wie ein ganzer Zoo.

»Bringst du einen *Jungen* mit?« fragte Mr. Benjamin Franklyn, als wir in den Kremser kletterten. Er blickte voller Grausen auf mich.

»Jungs sind widerlich«, sagte Mr. Weazley.

»Er hat keine Beiträge eingezahlt«, sagte Willi der Wächter.

»Für Jungens ist kein Platz. Jungens wird immer übel in einem Kremser.«

»Dir auch, Enoch Davies«, sagte mein Onkel.

»Könnte man ja geradesogut *Frauen* mitnehmen.«

So wie sie das sagten, waren Frauen noch ärger als Jun-gen.

»Besser als Großväter mitnehmen.«

»Großväter sind auch widerlich«, sagte Willi der Wächter.

»Was machen wir mit ihm, wenn wir wo zur Erfri-schung einkehren?«

»Ich bin Großvater«, sagte Mr. Weazley.

»In sechsundzwanzig Minuten machen die Kneipen auf«, schrie ein alter Mann in einem Panamahut, ohne auf die Uhr zu sehen. Auf der Stelle hatten sie mich verges-sen.

»Ja, der gute alte Mr. Cadwalladwr!« riefen sie, und der Kremser fuhr los, die Dorfstraße hinunter.

Ein paar eisigkalte Frauen standen in ihren Hausein-gängen und verfolgten grimmig unseren Auszug. Ein sehr kleiner Junge winkte Lebewohl und bekam von seiner Mutter eine Ohrfeige. Es war ein herrlicher August-morgen.

Wir waren schon zum Dorf hinaus und über die Brücke und den Hügel hinauf und fuhren dem Steeplehat-Wald entgegen, als Mr. Franklyn, mit der Namensliste in der Hand, plötzlich rief: »Wo ist der alte O. Jones?«

»Wo ist der alte O?«

»Wir haben den alten O vergessen.«

»Ohne den alten O können wir nicht fahren.«

Und ob auch Mr. Weazley den ganzen Weg über zischte, drehten wir dennoch um und fuhren ins Dorf zurück, wo vor dem *Prinz von Wales* der alte O. Jones mit einer Segel-tuchtasche geduldig und einsam wartete.

»Eigentlich wollte ich gar nicht kommen«, sagte der alte O. Jones, als sie ihn in den Kremser hievten und auf den Rücken klopften und zu einem Sitz hinschubsten und ihm eine Flasche in die Hand drückten, »aber zum Schluß geh ich dann doch immer mit.« Und wieder fuhren wir über die Brücke und den Hügel hinauf, und dann unter die tie-fen grünen Waldbäume und die gewundene, staubige Straße entlang, und langsame Kühe und Enten flogen an uns vorbei, bis plötzlich Mr. Weazley rief: »Anhalten, an-halten! Ich hab meine Zähne auf dem Kaminsims liegen lassen.«

»Mach dir nichts draus«, sagten sie, »du wirst keinen Menschen nicht beißen«, und sie gaben ihm eine Flasche mit einem Strohhalm.

»Aber vielleicht will ich mal lächeln«, sagte er.

»Du nicht«, sagten sie.

»Wie spät, Mr. Cadwalladwr?«

»Noch zwölf Minuten«, schrie der alte Mann im Pana-mahut zurück, und alle fingen an, ihn zu verfluchen.

Der Kremser fuhr vor dem *Bergschaf* vor, einem klei-nen, unglücklichen Wirtshaus mit einem Strohdach, das aussah wie eine an Ringelflechte erkrankte Perücke. Von einer Fahnenstange bei der Tür für »Herren« flatterte die Flagge von Siam. Daß es die Flagge von Siam war, wußte ich von Zigarettenbildern her. Der Wirt stand an der Tür, um uns mit einem gezierten Wolfslächeln zu begrüßen. Er war ein hoher, hagerer Mann mit schwarzen Fängen, einer fettigen Schmachtlocke und sprungbereiten Raubtieraugen. »Was für ein herrlicher Augusttag! sagte er und berührte seine Schmachtlocke mit einer Kralle. So muß er das Bergschaf willkommen geheißen haben, eh es es auffraß, sagte ich im stillen. Laut schwatzend drängten die Teilnehmer aus der Kutsche und in die Schankstube.

»Gib du auf den Kremser acht«, sagte mein Onkel, »paß gut auf, daß ihn niemand stiehlt.«

»Ist niemand da, der ihn stehlen könnte«, sagte ich, »nur ein paar Kühe«, aber mein Onkel trompetete schon herzhaft in der Schankstube. Ich sah die Kühe an, die auf der andern Seite der Straße standen, und die Kühe sahen mich an. Sonst gab es für uns nichts zu tun. Fünfundvierzig Minuten gingen über uns hin wie eine sehr langsame Wolke. Die Sonne schien auf die einsame Straße, auf den verlorenen, unerwünschten Jungen und die bergseeäugigen Kühe. In der dunklen Schankstube waren sie so vergnügt, daß sie Gläser zerbrachen. Ein fahrender bretonischer Zwiebelverkäufer mit Baskenmütze und Halskette aus Zwiebeln kam die Straße heruntergeradelt und hielt vor der Tür.

»Quelle un grand matin, monsieur«, sagte ich.

»Schönes Französisch! Brav, mein lieber Junge«, sagte er in der singenden Mundart unserer Gegend.

Ich folgte ihm durch den Flur und spähte in die Schankstube. Ich konnte die Ausflugsteilnehmer kaum wiedererkennen. Alle hatten die Farbe gewechselt. Runkelrübenrot, rhabarberrot, braunrot tollten sie mit lautem Hallo in dem finsteren, feuchten Loch umher, wie riesige altehrwürdige Lausejungen, und mein Onkel wogte in der Mitte, eitel roter Bart und Bauchfalten. Auf dem Fußboden lagen zerbrochene Gläser und Mr. Weazley.

»Herr Wirt, eine Runde!« rief der Bob der Langfinger, ein kleines, drückebergerisches Männchen mit hellen, blauen Augen und einem simplen Lächeln.

»Wer hat sich an den Waisenkindern bereichert?«

»Wer hat sein kleines Baby an die Zigeuner verschachert?«

»Verlaß dich auf den alten Bob, der legt dich rein.«

»Ihr müßt halt immer eure Witzchen machen«, sagte Bob der Langfinger mit einem Lächeln wie ein Rasiermesser, »aber ich verzeih euch, Jungs.«

Durch den Dunst und Stimmenlärm hörte ich: »Komm raus und schlag dich wie ein Mann!«

»Jetzt nicht, später.«

»Nein, jetzt, wo ich Wut hab.«

»Seht euch Willi den Wächter an, der ist ordentlich betüdelt.«

»Seht mal seine eigensinnigen Füße.«

»Seht mal Mr. Weazley, wie der sich da auf dem Boden breitmacht.«

Mr. Weazley stand auf und zischte wie ein Gänserich. »Der Junge da hat mich mit Absicht hingeschubst«, sagte er und zeigte auf mich an der Tür, und ich schlich durch den Flur hinaus zu den sanften, gütigen Kühen. Die Zeit umwölkte sich, die Kühe starrten voll Verwunderung, ich warf einen Stein nach ihnen, und sie wanderten verwundert fort. Dann kam mein Onkel herausgeweht, wie ein mühsam am Erdboden festgehaltener Ballon, und hinter ihm folgten schwerfällig einer nach dem andern die krakeelenden Ausflugsteilnehmer. Sie hatten das *Bergschaf* trockengetrunken. Mr. Weazley hatte einen Kranz Zwiebeln gewonnen, den der Zwiebelverkäufer in der Schankstube verlost hatte. »Was nützen einem Zwiebeln, wenn die Zähne auf dem Kaminsims liegen?« sagte er. Und als ich durch das Rückfenster des dahindonnernden Kremsers guckte, sah ich die Schenke in der Ferne kleiner und kleiner werden. Und die Fahne von Siam an der Fahnenstange bei der Tür für »Herren« flatterte jetzt auf Halbmast.

Der *Blaue Bulle*, der *Drachen*, der *Stern von Wales*, das *Loch in der Wand*, die *Saure Traube*, das *Schäfer-Wappen*, die *Glocken von Aberdovey*: ich hatte sonst nichts zu tun in der ganzen weiten, wilden Augustwelt, als mir die Namen der Wirtshäuser zu merken, bei denen die Ausflügler haltmachten, und auf den Kremser achtzugeben. Und jedes Mal, wenn die Kutsche an einer Kneipe vorbeikam, fing Mr. Weazley an zu husten wie ein Ziegenbock und rief: »Anhalten, anhalten, ich sterbe, ich krieg keine Luft!« Und alle mußten wir wieder zurück.

Die polizeiliche Nachmittagssperrstunde bedeutete den Teilnehmern an diesem Ausflug gar nichts. Hinter verschlossenen Türen sangen sie Hymnen und spektakelten den ganzen schönen Nachmittag lang. Und als ein Polizist durch die Hintertür beim *Druiden* eintrat und sie in Bier und Chorgesang vereint dort sitzen sah, da sagte Noah Bowen: »Schscht! Das Lokal ist geschlossen!«

»Woher sind Sie?« fragte der Polizist mit zugeknöpfter uniformblauer Stimme.

Sie sagten es ihm.

»Dort hab ich meine alte Tante«, sagte der Polizist. Und sehr bald sang er mit »Sie schlafen im Hafen«.

Endlich fuhren wir wieder ab, der Kremser voller hopsender Tenöre und Bocksbeutel, und kamen an einen Fluß, der zwischen Weiden eilig dahinströmte.

»Wasser!« schrien sie.

»Porthcawl!« sang mein Onkel.

»Wo sind die Strandesel?« sagte Mr. Weazley.

Und sie taumelten hinaus, um in dem kühlen, weißen Wasser zu plantschen und zu keuchen. Mr. Franklyn, der auf den glitschigen Steinen Polka zu tanzen versuchte, fiel zweimal hinein. »Ganz einfach ist gar nichts im Leben«, sagte er mit Würde, als er ans Ufer triefte.

»Es ist kalt!« schrien sie.

»Nein, wunderbar!«

»Mild wie eine Mottenschnauze.«

»Sogar *besser* als Porthcawl!«

Und die Dämmerung senkte sich warm und zart herab auf dreißig wilde, nasse, beduselte, wasserspritzende Männer, frei von allen Sorgen der Welt am Ende der Welt im Westen von Wales. Und »Halt! Wer da?« rief Willi der Wächter eine fliegende Wildente an.

Sie hielten vor dem *Einsiedler-Nest*, um einen Schluck Rum gegen die Kälte zu trinken. »Ich hab 1898 für Aberavon gespielt«, sagte ein Fremder zu Enoch Davies.

»Lügner«, sagte Enoch Davies.

»Ich kann Ihnen Photos zeigen«, sagte der Fremde.

»Gefälscht«, sagte Enoch Davies.

»Und ich zeig Ihnen meine Mütze zu Hause.«

»Gestohlen.«

»Ich hab Freunde, die es bezeugen können«, sagte der Fremde wütend.

»Bestochen«, sagte Enoch Davies.

Auf der Heimfahrt durch die gärende, mondgesprenkelte Dunkelheit begann der alte O. Jones mitten im Kremser auf einem Primuskocher sein Abendessen zu kochen. Mr. Weazley hustete in dem Qualm, bis er blau anlief. »Anhalten, anhalten!« rief er, »ich sterbe, ich krieg keine Luft!« Alle kletterten wir hinunter ins Mondlicht. Aber nirgends war ein Wirtshaus zu sehen. So trugen sie die noch übriggebliebenen Kisten Bier und den Primuskocher und den alten O. Jones selbst hinaus, mitten auf ein Feld, und setzten sich im Kreis auf das Feld und tranken und sangen, während der alte O. Jones Schweinswürste und Kartoffelbrei kochte und der Mond über uns dahinflog. Und dort schlief ich ein, an meines Onkels gebirgige Weste gelehnt, und noch im Schlaf hörte ich, wie Willi der Wächter dem fliegenden Mond »Halt! Wer da?« zurief.

Amerikanische Lyrik

John Ashbery
Selbstporträt im konvexen Spiegel
Gedichte 1956–1977. Aus dem Amerikanischen
von Christa Cooper/Joachim Sartorius
1980. 128 Seiten. Broschur

Charles Bukowski
Gedichte vom südlichen Ende der Couch
Aus dem Amerikanischen von Carl Weissner
1984. 136 Seiten. Broschur

Allen Ginsberg
Jukebox Elegien
Gedichte aus einem Vierteljahrhundert
Aus dem Amerikanischen von Bernd Samland
1981. 128 Seiten. Broschur

Planet News
Gedichte
Aus dem Amerikanischen von Heiner Bastian
1969. 96 Seiten. Broschur

Lawrence Ferlinghetti
Gedichte
Aus dem Amerikanischen von Wulf Teichmann
1980. 108 Seiten. Broschur

bei Hanser

Brendan Behan

»Wer in der jüngeren Literatur nach einer Symbolfigur für das sucht, was im Guten wie im Schlimmen den irischen Genius ausmacht, braucht sich nicht lange umzusehen – der Name Brendan Behan drängt sich förmlich auf. Freiheitsheld und Liederjan, Raufbold und zarte Seele, Liebhaber der Träume und Liebhaber des allzu Irdischen, dazu ein Sprachbegeisterter, der sich an Worten nicht minder berauschte als an den Strömen von Whisky, Gin und Starkbier, die seinem Leben ein frühes Ende setzten – alles dies war der Anstreichersohn aus Dublin mit gleicher Vehemenz. Ein Talent der Selbstvergeudung, das aus der Fülle seiner Widersprüche lebte, schrieb und an ihr auch fröhlich zugrunde ging.« (Günter Blöcker)

Borstal Boy
Roman. Band 2212

Bekenntnisse eines irischen Rebellen
Band 5030

Der Spanner
Roman. Band 8107

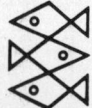

Fischer Taschenbuch Verlag

Fi 181/2